El Gran Gigante Bonachón

Roald Dahl
El Gran Gigante Bonachón

Ilustraciones de
Quentin Blake

Planeta

Colección Juvenil
Nuevos Horizontes

Dirigida por
José Pardo

Título original: The BFG
Traducción de Herminia Dauer

© Roald Dahl, 1982
© Quentin Blake, 1982, para la ilustración
© Editorial Planeta, S. A., 1984, para los países de lengua española
    Córcega, 273-277, Barcelona-8 (España)
Diseño colección y cubierta de Hans Romberg (ilustraciones de Quentin Blake y
realización de Jordi Royo)
Primera edición: mayo de 1984
Depósito legal: B. 15.997-1984
ISBN 84-320-6178-6
ISBN 0-224-02040-4 editor Jonathan Cape, edición original
Printed in Spain - Impreso en España
Talleres Gráficos "Duplex, S. A.", Ciudad de la Asunción, 26-D, Barcelona-30

Para Olivia

20-4-1955/17-11-1962

Los personajes de esta obra son:

SERES HUMANOS

LA REINA DE INGLATERRA
MARY, doncella de la reina
MISTER TIBBS, mayordomo de palacio
EL JEFE SUPREMO DE LOS EJÉRCITOS DE TIERRA
EL JEFE SUPREMO DE LAS FUERZAS AÉREAS
Y, desde luego, SOFÍA, una huerfanita.

GIGANTES

TRAGACARNES
RONCHAHUESOS
QUEBRANTAHOMBRES
MASCANIÑOS
ESCURREPICADILLO
BUCHE DE OGRO
APLASTAMOCOSOS
SANGUINARIO
DEVORADOR
Y, desde luego, el GGB.

LA HORA MÁGICA

Sofía no podía conciliar el sueño.

Un brillante rayo de luna asomaba al sesgo por entre las cortinas y daba justamente en su almohada.

Las demás niñas de la habitación llevaban varias horas descansando.

Sofía cerró los ojos y permaneció muy quieta, para ver si lograba dormirse.

Pero no le sirvió de nada. El rayo de luna era como un cuchillo de plata que se abriera paso por el cuarto hasta su misma cara.

La casa estaba en absoluto silencio. Desde abajo no llegaba ni una voz. Y en el piso de encima tampoco se oían pasos.

La ventana que había detrás de las cortinas estaba abierta de par en par, mas nadie caminaba por las aceras de la calle. Ni un coche pasaba. No había manera de percibir el más leve sonido. Sofía no recordaba un silencio semejante.

Quizá, se dijo, fuera ésa la llamada hora mágica...

Alguien le había susurrado una vez que la hora mágica era un momento muy especial, en plena noche, cuando tanto los niños como los adultos estaban sumidos en el más profundo de los sueños. Entonces, todas las cosas misteriosas salían de sus escondrijos y se adueñaban del mundo.

El rayo de luna se hizo todavía más brillante. Sofía decidió saltar de la cama y cerrar mejor las cortinas.

Las niñas eran castigadas, si las encontraban fuera del lecho después que se apagaban las luces. Ni siquiera se aceptaba como excusa que necesitasen ir al lavabo. Pero ahora no la veía nadie. Sofía estaba segura de ello.

Alargó la mano para tomar las gafas que había dejado sobre la mesita que estaba junto a su cama. Eran de montura metálica y cristales muy gruesos; la pobrecilla no veía casi nada sin ellas.

Se las puso, bajó del lecho y, de puntillas, se acercó a la ventana.

Una vez junto a las cortinas, Sofía vaciló. Ansiaba agacharse y asomar la cabeza por debajo de ellas, para ver cómo era el mundo en la hora mágica.

Volvió a aguzar el oído. Por todas partes reinaba un silencio absoluto.

El deseo de mirar afuera se hizo tan intenso, que la niña no lo pudo resistir. Rápidamente introdujo la cabeza por debajo de las cortinas y atisbó por la ventana.

A la plateada luz de la luna, la calle del pueblo que tan bien conocía resultaba totalmente distinta. Las casas parecían torcidas, inclinadas, como las de los cuentos. Todo se veía pálido, espectral y lechoso.

Enfrente distinguió la tienda de mistress Rance, donde había botones y lanas y cinta de goma. Ahora tampoco parecía real. Un aire igualmente misterioso la envolvía.

Sofía se atrevió a mirar calle abajo.

Y, de pronto, sintió un escalofrío. *Alguien se acercaba por la otra acera.*

Algo negro...

Algo negro y alto...

Algo muy negro y muy alto y muy delgado.

¿QUIÉN?

No era un ser humano. No podía serlo. Era cuatro veces más alto que el hombre más crecido. Era tan grandote, que su cabeza quedaba a más altura que las ventanas de los últimos pisos de las casas. Sofía abrió la boca para gritar, pero no le salió ningún sonido. El susto le atenazaba la garganta y el cuerpo entero.

No cabía duda: era la hora mágica.

La alta figura negra se acercaba. Iba muy arrimada a las casas del otro lado de la calle, procurando que no la iluminara la luz de la luna.

Cada vez estaba más próxima. Pero se movía de forma rara. Se paraba, continuaba poco después, y se detenía de nuevo.

¿Qué hacía aquel ser?

¡Ah! Por fin lo entendió, Sofía. Se paraba delante de cada casa y miraba por la ventana superior. Para hacerlo, tenía que agacharse, de tan alto que era.

Curioseaba por la ventana, se deslizaba hasta la casa siguiente y allí se detenía para hacer lo mismo. Y así a lo largo de toda la calle.

Cuando estuvo bastante cerca, Sofía pudo verle mejor.

Observándolo detenidamente, pensó que, desde luego, era una especie de PERSONA. No realmente humana, pero al mismo tiempo, sí una PERSONA.

¿Quizá un GIGANTE?

Sofía escudriñó la calle envuelta en brumas. El gigante (si de veras lo era) llevaba una larga CAPA NEGRA.

Y con una mano sostenía algo semejante a una TROMPETA MUY LARGA Y DELGADA.

La otra mano cargaba con una GRAN MALETA.

El gigante se había parado ahora delante de la casa de la familia Goochey, que tenía una tienda de verduras a media calle y vivía encima del establecimiento. Los dos niños del matrimonio dormían en el cuarto delantero superior, a Sofía le constaba.

Y el gigante miraba por la ventana del cuarto en que descansaban Miguel y Juanita Goochey. Sofía, al otro lado de la calle, contuvo la respiración.

Vio que el gigante daba un paso atrás y dejaba la maleta en el suelo, inclinándose para abrirla. De ella sacó algo que parecía un tarro de vidrio con tapa de rosca. Lo destapó y echó el misterioso contenido del bote en la larguísima trompeta.

Sofía vigilaba temblorosa.

Observó que el gigantón se enderezaba de nuevo e introducía la trompeta por la ventana abierta de la alcoba de los niños. Y que, a continuación, tomaba aire y... ¡fffff!, soplaba a través del instrumento.

No hubo sonido alguno, pero Sofía comprendió que lo que contenía antes el bote, ahora había sido enviado al cuarto de los pequeños Goochey.

¿Qué sería?

Cuando el gigante retiró su trompeta de la ventana y se agachó para recoger la maleta, dio la casualidad de que volviese la cabeza y mirara al otro lado de la calle.

A la luz de la luna, Sofía distinguió una enorme cara muy larga, pálida y arrugada, con unas orejas increíblemente grandes. La nariz tan afilada como un cuchillo, y encima, muy juntos, brillaban con gran intensidad dos ojos..., y esos ojos estaban clavados en ella.

Su mirada era torva y diabólica.

La niña ahogó un grito y se apartó de la ventana. Atravesó disparada el dormitorio, se metió en el cama y se escondió debajo de la manta.

Allí permaneció acurrucada, silenciosa como un ratoncito y temblando de pies a cabeza.

¡RAPTADA!

Sofía esperó entre las sábanas.

Pasado un minuto o más, alzó una punta de la manta y atisbó.

Por segunda vez aquella noche, la sangre se le heló en las venas y quiso gritar, pero no pudo. Porque allí, en la ventana, con las cortinas corridas hacia un lado, estaba la horrible y arrugada cara larga del gigante, que miraba al interior. Y los centelleantes ojos negros se habían clavado en la cama de Sofía.

Instantes después, una mano enorme, de dedos muy pálidos, penetraba serpenteante en el habitación. Seguía un brazo grueso como el tronco de un árbol, y el brazo, la mano y los dedos avanzaron por el cuarto en dirección a la cama de Sofía...

Esta vez sí que chilló la niña, pero sólo un segundo, porque aquella manaza se cerró rápidamente sobre la manta, y el grito quedó ahogado por la ropa.

Sofía, hecha un ovillo debajo de la manta, sintió que los poderosos dedos la agarraban, la alzaban de la cama con ropa y todo, y la sacaban por la ventana.

Si a vosotros se os ocurre algo más horrible que pueda suceder a medianoche, decídmelo.

Lo peor de todo era que Sofía sabía exactamente lo que le pasaba, pese a que no podía verlo. Era consciente de que un monstruo (o un gigante) de cara enormemente larga, pálida y arrugada, y ojos peligrosos, la había arrancado de su cama en plena hora mágica y ahora se la llevaba por la ventana, envuelta en la manta.

¿Qué ocurrió, exactamente, después? Una vez sacada la niña de la casa, el gigante arregló la manta de forma que pudiera agarrar los cuatro extremos con una de sus manazas, y con Sofía dentro. Con la otra mano cogió la maleta y la larguísima trompeta, y echó a correr.

Sofía se retorció dentro de su manta hasta que logró asomar la nariz por una pequeña abertura formada debajo mismo de la mano del gigante, y miró asustada a su alrededor.

Vio que las casas del pueblo desaparecían raudas a ambos lados. El gigante corría a grandes saltos por la calle principal. Avanzaba a tal velocidad, que su capa negra ondeaba tras él como las alas de un pajarraco. Cada uno de sus pasos era tan largo como un campo de tenis. Los setos que dividían los campos no eran obstáculo para el gigante, que simplemente pasaba por encima de ellos. Y cuando en su camino apareció un ancho río, lo salvó de una zancada.

La niña iba muy acurrucada en la manta, aunque sin perderse detalle. Continuamente chocaba contra la pierna del gigante, como si fuese un saco de patatas. Pasaron por campos y setos y ríos, y la pobre Sofía tuvo de pronto un terrible pensamiento.

«Este gigante va tan de prisa —se dijo— porque tiene hambre, y quiere llegar a su casa cuanto antes para comerme en el desayuno...»

LA CUEVA

El gigante seguía corriendo, pero de pronto cambió el ritmo. Ahora parecía avanzar a una velocidad aún mayor. Cada vez iba más rápido, y momentos después era tal la velocidad, que el paisaje se veía borroso.

El viento azotaba las mejillas de Sofía y hacía lagrimear sus ojos. Le echaba la cabeza hacia atrás y silbaba en sus oídos. La niña ya no notaba que los pies del gigante tocaran el suelo. Tenía la extraña sensación de volar. Era imposible decir si pasaban por encima de tierra o del agua. Aquel gigante debía de tener magia en sus piernas.

Finalmente se hizo tan fuerte el viento, que Sofía tuvo

que esconder la cabeza en la manta, para que no se la arrancara.

¿Era posible que cruzaran un océano? Eso le parecía a la niña, que se encogió en su manta y permaneció escuchando los aullidos de un vendaval. Y aquel misterioso camino duró, según se diría, horas y horas. Hasta que, de pronto, el viento dejó de aullar y la velocidad del gigante se redujo. Sofía sintió que sus pies volvían a tocar el suelo. Asomó la cabeza para echar una mirada, y se vio en un país de espesos bosques y ríos impetuosos. Ahora, el gigante corría de manera más normal, si es que se puede emplear la palabra «normal» para describir el galope de un gigantón.

Saltó como una docena de ríos, atravesó como en un susurro un extenso bosque, descendió a un valle y luego dejó atrás una cadena de colinas tan desnudas como el hormigón. Poco después trotaba por encima de un terreno desierto que no parecía pertenecer a este mundo. El suelo era llano y de un color amarillo pálido. Por doquier había rocas azuladas, aquí y allá se alzaban árboles muertos semejantes a esqueletos. La luna había desaparecido hacía rato y el cielo empezaba a clarear.

Sofía, aún asomada a su manta, vio aparecer delante, y repentinamente, una montaña enorme y escarpada. Tenía un intenso color azul, y el cielo que la rodeaba resplandecía de luminosidad. Entre los delicados vellones de nubes, de un blanco de escarcha, volaban partículas de oro muy pálido, y por un lado del horizonte asomaba el sol de la mañana, rojo como la sangre.

El gigante se detuvo al pie de la montaña. Resoplaba con fuerza, y su pecho subía y bajaba. Necesitaba tomar aliento.

Directamente enfrente de ellos, apoyado contra la ladera de la montaña, Sofía vio una peña redonda y maciza. Era tan grande como una casa. El gigante alargó una pierna y apartó la roca con tanta facilidad como si se tratara de una pelota de fútbol. En el sitio donde momentos antes se hallaba la piedra, apareció un impresionante agujero negro. Era tan grande, que el gigante ni siquiera necesitó agachar la cabeza para entrar en él. Se introdujo en la cueva llevando todavía a la niña en una mano, y sosteniendo con la otra la maleta y aquella extraña trompeta.

Apenas estuvo dentro, volvió a colocar la gran piedra en su sitio, de modo que, desde fuera, nadie podía descubrir la entrada de su refugio secreto.

Cerrada la cueva, no quedaba en ella ni un reflejo de luz. Todo era negro.

Sofía sintió que la depositaba en el suelo. El gigante había soltado la manta, y sus pisadas se alejaron. La niña permaneció sentada en la oscuridad, temblando de miedo.

«Ahora se dispone a comerme —pensó—. Probablemente me devorará cruda, tal como estoy.

»O quizá me cueza primero.

»O tal vez me fría. Me echará en una gigantesca sartén llena de grasa caliente, como si fuera una lonja de tocino…»

De repente, una luz brillante iluminó aquel lugar. Sofía parpadeó y miró a su alrededor.

Observó la enorme cueva con un altísimo techo de roca.

Las paredes estaban cubiertas de estantes, y en ellos había hileras e hileras de botes de vidrio. Los había por todas partes. Formaban pilas en los rincones, y hasta las grietas de la piedra estaban repletas.

En medio del suelo se hallaba una mesa de unos tres metros y medio de altura, y una silla hacía juego con ella.

El gigante se quitó la negra capa y la colgó de la pared. Sofía observó que, debajo de aquella prenda, llevaba una especie de camisa sin cuello y un viejo chaleco de cuero que, por lo visto, no tenía botones. El pantalón era de un verde descolorido y resultaba corto de piernas. Los pies del gigante, desnudos, iban protegidos por unas ridículas sandalias que, por alguna extraña razón, tenían agujeros a los lados, así como otra gran abertura delante, por la que asomaban los dedos.

Sofía, acurrucada en el suelo de la cueva y sin más ropa que su camisón, le miraba a través de sus gruesas gafas de montura metálica. Temblaba como una hoja en el viento, y tenía la sensación de que un dedo de hielo le recorría la espina dorsal de arriba abajo y de abajo arriba.

—¡Carramba! —gritó el gigante, a la vez que daba un paso hacia delante y se frotaba las manazas—. ¿Qué nos hemos traído?

Su vozarrón resonó contra las paredes de la cueva como un trueno ensordecedor.

EL GGB

EL gigante agarró a la temblorosa Sofía con una mano y la dejó sobre la mesa.

«¡Ahora me comerá!», repitió la niña.

El gigantón se sentó en la silla y contempló a Sofía. Sus orejas eran de un tamaño extraordinario. Cada una tenía las dimensiones de una rueda de camión, y su dueño parecía poder moverlas hacia dentro y hacia fuera, según quisiese.

—¡Yo *es* hambriento! —bramó el gigante, y al esbozar una horrible sonrisa enseñó unos dientes grandotes y cuadrados.

Los tenía muy blancos y muy iguales, y puestos en su boca parecían tremendas rebanadas de pan de molde.

—¡P... por favor, no me comas! —balbuceó la pobre Sofía.

El gigante soltó una carcajada atronadora.

—¡Justamente, por yo ser *gingante*, ya crees que yo es un *antofófago*! —voceó—. Pero tienes razón, porque todos los *gingantes* es *antofófagos* y *asasinos*, ¡sí! Y *poden* devorar a un pequeño guisante humano. ¡Aquí, nosotros *es* en el País de los *Gingantes*! Por todas partes hay *gingantes*. Ahí fuera, cerca, vive el famoso *gingante* Ronchahuesos. Y ese *gingante* se zampa cada noche dos de esos guisantes humanos, tan *timblorosas*, para cenar. ¡Huy, qué ruido hace! El «crac-crac-crac» de Ronchahuesos se oye... ¡bueno!, en muchas *lenguas* a la redonda...

—¡Qué horror! —exclamó Sofía.

—Ronchahuesos sólo come guisantes humanos de Turquía —prosiguió el gigante—. Cada noche, Ronchahuesos corre a Turquía para tragarse un par de turcos.

Cosa curiosa, aquellas palabras despertaron el sentido patriótico de Sofía, y ésta dijo enfadada:

—¿Por qué tiene que preferir a los turcos? ¿Qué tienen de malo los ingleses?

—El *gingante* Ronchahuesos opina que los turcos son mucho más jugosos y supercaldisustanciosos. Ronchahuesos dice que los guisantes humanos turcos tienen un gustillo *muuuuuy* bueno. Dice que... que los turcos de Turquía saben a pavo.

—¡Ah...! —contestó la niña, desconcertada.

—¿No lo sabías? ¡Cada guisante humano tiene un gusto diferente! Unos son supercaldisustanciosos. Otras, pringuichurrichientos. Los griegos *son* todos llenos de pringuichurrichientería. Ningún *gingante* come griegos.

—¿Por qué no? —preguntó Sofía.

—Ay, porque los griegos de Grecia saben mucho a grasa —respondió el gigante.

—Es posible —admitió Sofía.

Se preguntaba ella, con cierto temor, a dónde conduciría aquella conversación sobre el sabor que tenían las distintas personas. De cualquier manera, no le quedaba más remedio que seguirle el juego al gigante y reír con sus bromas.

Pero... ¿se trataba de bromas, en realidad? Quizá aquel enorme bruto no hacía más que abrirse el apetito, con tanto hablar de comida.

—Como *dicía* —continuó el gigante—, los guisantes humanos tienen sabores diferentes. Por ejemplo, los de Panamá saben mucho a sombrero.

—¿Por qué a sombrero? —inquirió Sofía.

—Tú no *es* muy lista —señaló el gigante, al mismo tiempo que movía sus orejotas—. Yo creía que todos los guisantes humanos *son* llenos de sesos, pero tu cabeza *es* más vacía que... que un canasto sin nada dentro.

—¿A ti te gusta la verdura? —se atrevió a preguntar

Sofía, confiando desviar la conversación hacia un tipo de alimento menos peligroso.

—¡Tú quieres cambiar de tema! —protestó el gigante—. Hablábamos del gusto de los guisantes humanos, y era muy *interesentante*, ¿no? ¡El guisante humano no es una verdura!

—¡Pero los guisantes sí que lo son! —declaró Sofía.

—¡No el guisante *humano*! —insistió el gigante—. El humano tiene dos patas, y las verduras no tienen patas de ninguna clase.

Sofía no discutió más. Nada le convenía menos que disgustar al gigante.

—El guisante humano —siguió aquel ser enorme— puede tener *pillones* de gustos. Por ejemplo, los guisantes humanos de Gales saben muy pescadosamente a pescado.

—Ah, ya... —dijo Sofía—. Será porque...

—¡No me vengas con *interrupciciones*! —la riñó el gigante—. Te pondré otro ejemplo. Los guisantes humanos de Jersey producen un *desengardable* cosquilleo de lana en la *luenga*. Y saben a...

—¡A jersey, claro! —le cortó Sofía.

—¡Como vuelvas a meterte en lo que digo...! —rugió el gigante—. ¡No lo hagas! Es un asunto muy serio e *interesentante*. ¿Puedo continuar?

—Sí, hazlo —respondió Sofía.

—Los daneses de Dinamarca tienen sabor a perro.

—Naturalmente —asintió Sofía—. Deben de saber a gran danés.

—¡Te *evicocas*! —chilló el gigante, golpeándose el muslo—. ¡Los daneses de Dinamarca saben a perro porque tienen gusto a *labradores*!

—Entonces... ¿a qué sabe la gente de Labrador?

—¡A daneses! —exclamó el gigante, con aire de triunfo—. ¡A grandes daneses!

—¿No te confundes? —indicó Sofía, no sin cuidado.

—Yo *es* un *gingante* un poco confundido, sí —reconoció el coloso—. Pero hago lo que puedo. Y hago muchas menos locuras que los demás *gingantes*. Conozco a uno que cada día galopa a Wellington en busca de la cena.

—¿A Wellington? —repitió Sofía—. ¿Dónde está eso?

—¡Tienes la cabeza llena de moscas despachurradas! —dijo el gigante—. Wellington está en Nueva Zelanda. Los guisantes humanos de Wellington tienen un gusto super-caldisustancioso, según asegura el *gingante* que las come.

—Y... y... ¿a qué saben? —preguntó Sofía.

—A botas —contestó el gigante.

—¡Ah, ya, claro! —dijo la niña—. Debería haberlo sabido.

Sofía decidió que aquella conversación ya había durado bastante. Si iba a ser devorada, era mejor que todo sucediera rápidamente, ya que no había quien resistiera tanta angustia.

—¿Y qué clase de seres humanos comes tú? —inquirió temblorosa.

—¿*Yo*? —gritó el gigante, y su poderosa voz hizo que todos los tarros entrechocaran en sus estantes—. ¿Yo, devorar guisantes humanos? ¡Jamás! Los demás sí que lo hacen. Devoran cada noche todos los que pescan, ¡pero no yo! Yo soy un *gingante* especial. ¡Un *gingante* bueno y *amabiloso*! El único *gingante* bueno y *amabiloso* de todo el País de los *Gingantes*. Soy el GRAN GINGANTE BONACHÓN. Y ¿cuál es *tuyo* nombre?

—Me llamo Sofía —contestó la niña, casi incapaz de creer la maravillosa noticia que acababa de oír.

LOS GIGANTES

—PERO..., ¿si tú eres tan bueno y amable —señaló Sofía—, ¿por qué me sacaste de mi cama y echaste a correr conmigo?

—Porque tú me VISTE —repuso el Gran Gigante Bonachón—. Si alguien ve a un *gingante,* tiene que ser atrapado en un simisumisantiamén.

—¿Por qué? —quiso saber Sofía.

—En primer lugar —dijo el GGB—, los guisantes huꞌmanos no acaban de creer en los *gingantes, ¿*verdad? Los guisantes humanos creen que nosotros no existimos.

—¡Pues yo sí! —afirmó Sofía.

—¡Toma, pero sólo porque me VISTE! —bramó el GGB—. Pero yo no puedo permitir que nadie, ni siquiera una niña pequeña, me VEA y siga tan tranquila en su casa. Lo primero que harías tú misma, sería correr de un lado a otro y *anundiciar* a grandes voces que habías visto un *gingante* de verdad, y entonces empezaría en todo el mundo una gran caza de *gingantes*. Todo el mundo querría vernos y se armaría un jaleo terrible. ¡Imagínate a todos los guisantes humanos locos por descubrir al *gingante* que tú viste! La gente se pondría a perseguirme quién sabe con qué, y acabaría por darme caza y encerrarme en una jaula del parque zoológico, cerca de esos *popotas* o *crocodilios*.

Sofía comprendió que el gigante estaba en lo cierto. Si alguien afirmaba haber visto realmente a un gigante rondando por las solitarias calles de un pueblo, en plena noche, sin duda se produciría un alboroto espantoso en el mundo entero.

—Apuesto cualquier cosa —prosiguió el GGB— a que también *tú* harías correr la voz por ese mundo miedoso, si te llego a soltar. ¿A que sí?

—Probablemente —admitió Sofía.

—Y eso habría sido desastroso —declaró el gigante.

—Pero... ¿y ahora qué será de mí? —preguntó la niña.

—Si regresas, contarás tu aventura a todo el mundo —dijo el GGB—. Seguramente, a través de esa caja parlanchina que llamáis telenoséqué, y también por radio. Por lo tanto, tendrás que pasar el resto de tu vida aquí, conmigo.

—¡Oh, no! —sollozó Sofía.

—¡Oh, sí! —replicó el gigante—. Pero te advierto que no debes sacar la nariz de esta cueva sin *yo*, o de lo contrario acabarás muy mal. Y ahora mismo voy a enseñarte quién te devoraría en el acto, si llegara a echarte una ojeada.

El Gran Gigante Bonachón alzó a Sofía de la mesa y la condujo a la entrada de la cueva. Corrió la roca hacia un lado y dijo:

—Asómate un momento, pequeña, y dime qué ves.

Sofía, sentada en la mano del gigante, miró hacia fuera.

El sol estaba muy alto y esparcía un calor terrible sobre el extenso desierto amarillento, de rocas azules y árboles muertos.

—¿Los ves? —susurró el GGB.

Sofía parpadeó, porque el sol la cegaba, y al fin descubrió varias figuras enormes que se movían entre las piedras, a unos quinientos metros de distancia. Tres o cuatro más permanecían sentados o echados sobre las rocas.

—Es el País de los *Gingantes* —dijo el GGB—. Como ves, todo *son gingantes.*

Aquel espectáculo era para volver loco a cualquiera. Los gigantes sólo se cubrían con una especie de falda muy corta, y todos estaban muy morenos de tanto sol. Pero lo que más asustó a Sofía, fue la increíble estatura que tenían. Eran sencillamente colosales, mucho más altos y robustos que el Gran Gigante Bonachón que la sostenía en su mano. ¡Y qué feos! Muchos de ellos tenían grandes barrigotas. Los brazos, larguísimos ¡y qué tamaño el de los pies...! Se hallaban demasiado lejos para poder distinguir sus caras, tal vez fuera mejor así.

—¿Qué diantre hacen? —quiso saber Sofía.

—Nada —contestó el GGB—. Vagabundean y gandulean de un lado a otro hasta que anochece. Entonces salen disparados hacia sitios poblados, en busca de sus cenas.

—Van a Turquía, quieres decir... —señaló Sofía.

—Ronchahuesos irá corriendo a Turquía, sí —repuso el GGB—. Pero los demás *galomparán* a los sitios más raros, como Wellington, por lo del sabor a botas, o a Panamá, por lo del gustillo a sombrero de pita... Cada *gingante* tiene su cazadero favorito.

—¿Nunca van a Inglaterra? —inquirió Sofía.

—¡Huy, con frecuencia! Dicen que los ingleses saben estupendamente a marisquimpinadillas.

—Creo que no sé lo que es eso —se atrevió a señalar la niña.

—Bueno, el *singuificado* no es lo más importante —contestó el GGB—. No puedo decirlo todo siempre a la perfección. A veces me *evicoco* un poco.

—¿Y todos esos gigantes tan horribles volverán a salir

esta noche para comerse a una serie de... de seres humanos? —exclamó Sofía.

—¡Claro! Todos ellos cenan guisantes humanos a diario. Todos menos yo. Por eso acabarías hecha picadillo, si cualquiera de esos *gingantotes* te echara la vista encima. Te tragaría de una vez, como si fueras un trozo de pastel de *albaquiroques*.

—¡Pero eso de comerse a la gente es espantoso! —gritó Sofía—. ¡Qué angustia! ¿Por qué no lo impide alguien?

—¡Ja! ¿Y quién iba a hacerlo? —replicó el GGB.

—¿No podrías... tú mismo? —musitó Sofía.

—¿Yo, criatura? ¡Ni por todos los *perrigatos* del mundo! —voceó el GGB—. Todos esos *gingantes antofófagos* son enormes y muy fieros. Tienen, al menos, el doble de mi anchura y el doble de mi señorial altura.

—¿Que son el doble que tú? —dijo Sofía.

—¡Huy, por lo menos. Tú los ves desde lejos, pero... espera a que estén cerca! Miden, por lo menos, unos *dicinsiete* metro de altura, y tienen unos *molúsculos* de miedo. Yo *es* un *recanuajo*, a su lado. Seis metros no *es* nada, en el País de los *Gingantes*.

—Pues no debes entristecerte —le dijo Sofía—. Para mí, eres formidable. ¡Dios mío, si hasta los dedos de tus pies deben de ser como salchichas!

—¡Más grandes! —le corrigió el GGB con cara de satisfacción—. Los tengo como morcilimorcillas.

—¿Cuántos gigantes hay por ahí? —quiso saber Sofía.

—Nueve en total —le informó el GGB.

—O sea que, de alguna parte del mundo, cada noche son robados nueve desdichados y... ¡comidos vivos!

—Más —señaló el GGB—. Todo depende del tamaño de los guisantes humanos. Los japoneses son muy pequeños, de modo que un *gingante* necesitará tragarse unos seis, para sentirse *sitisfecho*. Otros guisantes humanos, como los noruegos y los yanquis, son mucho más grandotes, con lo que le bastarán dos, o como máximo tres...

—Pero... ¿van esos gigantes a todos los países de la Tierra? —preguntó Sofía.

—Todos, con *expinción* de Grecia, son visitados alguna vez —dijo el GGB—. Depende de cómo el *gingante* se sienta en el país. Si hace mucho calor y al *gingante* le parece estar en una sartén, probablemente saldrá al galope hacia el Norte tiritihelado, para allí zamparse a un *esquianimal* o dos, así se refresca. Un *esquianimal* gordito es para un *gingante* lo que para ti un «polo».

—¡Te creo! —exclamó la pequeña Sofía.

—Y al contrario, si la noche es muy *friofriosa* y al *gingante* le entra *tembeleque*, seguramente se lanzará a uno de los países calientes para cenarse un par de *hotentontos* a la brasa.

—¡Qué horripilante! —se estremeció Sofía.

—Nada hace entrar tanto en calor a un *gingante* como un *hotentonto* asadito —dijo el GGB.

—Y si tú me bajaras al suelo y yo me encaminase adonde ellos están, ¿crees que me comerían?

—¡En un simisumisantiamén! —afirmó el Gran Gigante Bonachón—. Y es más: como *es* tan chiquita, ni siquiera tendrían que *mastiquitarte*. El primero que te viera, te agarraría con sus dedos y... ¡glup!... te tragaría como una gota de agua.

—Volvamos dentro de la cueva —decidió Sofía—. Sólo de ver a esos gigantes, ya me mareo.

LAS OREJAS MARAVILLOSAS

DE nuevo en la cueva, el Gran Gigante Bonachón colocó a Sofía encima de la mesa.

—¿*Es* calentita con esa camisa de dormir? —preguntó—. ¿No pasas frío?

—No; estoy bien —contestó Sofía.

—Me tienen *prepeocupado* tu padre y tu madre —confesó el gigante—. Deben de andar busca que busca por toda la casa, gritando: «¡Sofía, Sofía! ¿Dónde estás?»

—No tengo padre ni madre —dijo la niña—. Los dos murieron cuando yo todavía era un bebé.

—¡Oh, pobre cachipuchi! —se lamentó el GGB—. ¿Y no les encuentras a faltar horriblemente?

—Pues no, la verdad —respondió Sofía—, porque nunca les conocí.

—Me pones *mucho* triste —gimoteó el GGB, frotándose los ojos.

—¡No te pongas triste! —dijo Sofía—. Nadie se preocupará demasiado por mí. Aquella casa de donde tú me sacaste, es el orfanato del pueblo. Allí vivimos las niñas huérfanas.

—¿Tú *es* una *muérfana*?

—Sí.

—¿Cuántas *es* allí?

—Diez —explicó Sofía—. Diez niñas.

—¿*Estabas* feliz en ese sitio? —quiso saber el GGB.

—¡No! —exclamó en seguida la pequeña—. La directora, mistress Clonkers, nos castigaba si no obedecíamos las reglas de la casa. Por ejemplo, si nos levantábamos de noche o no doblábamos bien la ropa.

—¿Y qué castigos os daba?

—Nos encerraba en un cuarto oscuro del sótano, durante un día y una noche, sin comer ni beber.

—¡Maldita bruja curruscosa! —dijo el GGB.

—Era horrible, sí —asintió la niña—. Le teníamos mucho miedo a ese sótano, porque en él había ratas. Las oíamos moverse de un lado a otro.

—¡Bruja asquerosa y perroapestosa! —gritó el GGB, indignado—. ¡Es lo peor que he oído desde hace años! Tú me pones *mucho, mucho* triste.

De pronto, un lagrimón tan grueso que habría bastado para llenar un cubo resbaló por una de las mejillas del gigante, y cayó al suelo con gran chapaleteo, formando un charco.

Sofía no salía de su asombro. «¡Qué criatura tan extraña es este gigante! —pensó—. Tan pronto me dice que tengo la cabeza llena de moscas despachurradas, como se derrite de compasión al enterarse de que mistress Clonkers nos encerraba en el sótano.»

Y dijo en voz alta:

—Lo que a *mí* me preocupa, es tener que pasar el resto

de mi vida en este sitio tan espantoso. El orfanato era muy desagradable, pero no me habría quedado en él para siempre.

—¡Todo es culpa mía! —admitió el GGB—. ¡Yo *es* el que te *sencuestró*!

Otra enorme lágrima brotó de sus ojos y fue a estrellarse contra el suelo.

—Desde luego, no pienso estar aquí tanto tiempo como tú crees —dijo Sofía.

—Temo que sí...

—¡Pues no! —contestó la niña, muy decidida—. Esos brutos me atraparían, más tarde o más temprano, y yo les serviría de merienda.

—¡Nunca permitiré que eso *sudeza*! —declaró el GGB.

Durante unos momentos reinó el silencio en la cueva. Por fin volvió a hablar Sofía.

—¿Puedo hacerte una pregunta?

El GGB se enjugó las lágrimas de sus ojos con el dorso de la mano y miró largamente a la niña.

—Di.

—¿Harías el favor de explicarme qué hacías la noche pasada en mi pueblo? ¿Para qué metiste aquella trompeta tan larga en el dormitorio de los niños Goochey y soplaste a través de ella?

—¡Vaya! Me estás resultando más curiosa que un husmiquifisgui! —exclamó el GGB, incorporándose de pronto en su silla.

Pero Sofía aún no había terminado.

—¿Y la maleta que llevabas contigo? —inquirió—. ¿Qué significaba todo aquello?

El GGB observó con aire de desconfianza a la niña, sentada encima de la mesa con las piernas cruzadas.

—¡Me pides que te cuente mis supermisterisecretos! —se lamentó—. ¡Unos secretos que nadie conocía hasta ahora!

—Yo no se los contaré a nadie más —prometió Sofía—. ¡Te lo juro! De cualquier forma, ¿cómo había de poder hacerlo? ¡Si me veo aquí metida para el resto de mis días!

—Podrías irles con el cuento a los demás *gingantes*...

—¿Cómo? Tú mismo dijiste que me comerían tan pronto como me descubrieran.

—¡Exactamente! —asintió el GGB—. Tú *es* un guisante humano, y los guisantes humanos *es* como *fersones* con nata para los *gingantes*.

—Pues bien: si me comieran en el mismo instante de verme, yo no tendría tiempo de contarles nada, ¿verdad? —insistió Sofía.

—¡No, claro! —dijo el GGB.

—Entonces, ¿por qué dices que podría ir con el cuento a esos gigantes?

—¡Ay, no sé! *Soy* lleno de musguirimusarañas... Si escuchas todo lo que yo digo, se te va a poner dolor de oídos.

—Dime, por favor, lo que hacías en nuestro pueblo, anoche. Puedes confiar en mí.

—¿Sabrías enseñarme a hacer un *elefunte*? —preguntó el GGB de pronto.

—¿*Qué*? —exclamó Sofía.

—Me gustaría mucho tener un *elefunte* y montar en él —dijo el gigante, con cara soñadora—. Un *elefunte* grandote que me llevara por selvas verdes, para que yo pudiera coger frutas ricas de los árboles. Este país donde vivimos es secorro, secorro y calorifritongo. Aquí sólo crecen pepinásperos. Me gustaría ir a otra parte y comer frutas zumijugosas por la mañana, tempranito, a lomos de un *elefunte*.

A Sofía casi le dio pena aquella confesión.

—Quizá consigas algún día un elefante —dijo—. Y puedas comer esas frutas jugosas. Pero ahora explícame qué hacías en nuestro pueblo, anoche.

—¿De veras quieres saberlo? —respondió esta vez el gigante—. Pues mira: ¡soplarles un sueño a aquellos niños!

—¿*Soplarles un sueño*? —repitió Sofía—. ¿Qué quieres decir con eso? ¡No lo entiendo!

—Yo *es* un *gingante* soplasueños —confesó por fin el GGB—. Mientras los demás *gingantes* galopan a sitios lejanos para devorar guisantes humanos, yo corro rápidamente a otros lugares para soplar sueños a los cuartos de los niños dormidos. Sueños bonitos. Sueños dorados y preciosos. ¡Sueños que hagan felices a los pequeños!

—Un momento —le interrumpió Sofía—. ¿De dónde sacas esos sueños?

—Los colecciono —respondió el GGB, a la vez que señalaba con su brazo todas las hileras y más hileras de botes situados en los estantes—. Tengo *pillones* de sueños.

—Los sueños no se pueden *coleccionar* —objetó Sofía—. Un sueño no es algo que se pueda coger.

—Tú no lo entenderás nunca —dijo el GGB—. Por eso no quería contarte mi secreto.

—¡Oh, sí, cuéntamelo! —suplicó la niña—. ¡Lo entenderé! Dime cómo reúnes sueños. ¡Me interesa mucho!

El gigante se acomodó en su silla y cruzó las piernas.

—Un sueño —empezó— es algo muy misterioso. Los sueños flotan en el aire como unas blubluburbujitas delicadas, y no cesan de buscar personas dormidas.

—¿Y tú puedes verlos?

—¡No, desde luego!

—En ese caso, ¿cómo logras atraparlos? —quiso saber Sofía.

—¡Aaah! —exclamó el GGB—. Ahora entramos en los secretos oscuros y más misteriosos.

—¡No se los contaré a nadie!

—Me fío de ti —dijo el GGB, al mismo tiempo que cerraba los ojos y permanecía quieto.

—Un sueño —continuó al fin— hace un zumbizumbido muy suave cuando flota por el aire de la noche. Ese zumbizumbido es tan pequeño, que un guisante humano no lo puede oír.

—¿Y tú lo oyes? —preguntó Sofía.

El GGB se señaló las enormes orejotas, que ahora empezó a mover hacia delante y hacia atrás. Realizó ese ejercicio con orgullo, como lo demostraba la sonrisa que había en su cara.

—¿Ves esto? —dijo.

—¿Cómo no iba a verlo?

—Es posible que mis orejas te parezcan *rildículas* —prosiguió el gigante—, pero debes creerme si te aseguro que *es* muy prácticas para mí. ¡Y que no debes reírte de ellas!

—No... no las encuentro ridículas —contestó Sofía.

—Mis orejas me permiten oírlo todo, todo. Hasta lo más miniminúsculo.

—¿Significa eso que tú oyes cosas que yo no puedo percibir?

—¡Huy, tú *es* sorda como una tapia, a mi lado! —exclamó el GGB—. Tú sólo oyes los ruidos grandotes, con esa especie de tijeretas que tienes en lugar de orejas. Yo, en cambio, oigo todos los murmullos secretos del mundo.

—¿Qué, por ejemplo?

—En tu país oigo a una mariquita que camina sobre una hoja.

—¿De veras? —preguntó Sofía, que empezaba a estar muy impresionada.

—Es más: oigo muy claramente los pasos de esa mariquita —respondió el GGB—. Cuando una mariquita camina sobre una hoja, sus pasos suenan *tupetipum, tupetipum* como los de un gigante.

—¡Cielo santo! —exclamó Sofía—. ¿Y qué más oyes?

—Oigo cómo charlan las hormiguitas entre sí, mientras corretean de un lado a otro por el suelo.

—¿Quieres decir que oyes hablar a las hormigas?

—¡Cada una de sus palabras! —afirmó el GGB—. Aunque no entiendo exactamente su *luengaje*.

—¡Sigue! —pidió Sofía.

—A veces, si la noche es *mucho* clara y muevo las orejas en la dirección *conviniente* —y, al decir esto, hizo girar sus enormes orejotas de forma que quedaron de cara al techo—, si la noche es *mucho* clara, repito, puedo oír una música *mucho* lejana que viene de las estrellas del cielo.

Un pequeño escalofrío recorrió el cuerpo de Sofía. Estaba arrobada, a la espera de más cosas fabulosas.

—Mis orejas *es* las que me dijeron que tú me mirabas desde la ventana —explicó el GGB.

—¡Pero si yo no hacía ningún ruido! —protestó Sofía.

—¡Ah, pero yo oí los latidos de tu corazón desde el otro lado de la calle! —respondió el GGB—. Sonaban como un tambor.

—¡Sigue, sigue! —suplicaba Sofía, entusiasmada.

—También oigo a las plantas y los árboles.

—¿Hablan? —inquirió la niña.

—No es que hablen, *pircisamente,* pero hacen ruidos. Por ejemplo, si yo paso y cojo una flor, si retuerzo su tallo hasta que se rompe, la planta grita. Entonces, yo oigo sus gritos con toda claridad.

—¿Será posible? —dijo Sofía—. ¡Qué horror!

—La planta grita como tú gritarías si alguien te arrancase el brazo retorciéndolo.

—¿Es cierto todo eso? —insistió Sofía.

—¿Acaso crees que te *embembeleco?*

—No, pero... ¡cuesta tanto entender!

—Si te parece que cuento mentiras, dejo de hablar —dijo el GGB, enfadado—. No me gusta que me llames chimbimbustero.

—¡Oh, no, nada de eso! —aseguró Sofía—. ¡Claro que te creo! Ya sé que todo es verdad. ¡Continúa, por favor!

El GGB le dirigió una mirada seria y larga. Sofía se la devolvió sin pestañear.

—Creo en tus palabras —repitió con voz dulce.

Era evidente que había ofendido al gigante.

—Nunca te tomaría el pelo —señaló el GGB.

—Ya lo sé —contestó Sofía—, pero tienes que comprender que unas cosas tan sorprendentes no son fáciles de creer.

—Lo comprendo, sí —admitió el GGB.

—Perdóname, pues, y continúa —rogó la niña.

El gigante dejó pasar unos instantes, y luego prosiguió:

—Con los árboles *sudece* lo mismo que con las flores. Si yo clavo un hacha en el tronco de un árbol grande, se oye un quejido terrible que sale del corazón del árbol.

—¿Cómo es ese sonido? —preguntó Sofía.

—Un gemido quedo. Como el de un hombre cuando se muere poco a poco.

El gigante hizo una pausa. La cueva estaba sumida en el silencio.

—Los árboles viven y crecen como tú y yo —prosiguió—. Y las plantas, también.

Ahora estaba sentado muy tieso en su silla, con las manos fuertemente enlazadas. Su cara parecía iluminada, y los redondos ojos le brillaban como dos estrellas.

—¡Oigo unos sonidos tan maravillosos y terribles! —exclamó—. Hay algunos que tú nunca quisieras oír. Otros, en cambio, son música celestial.

Diríase que aquellos pensamientos le habían transfigurado. Su cara resultaba incluso hermosa, a causa de tanta emoción.

—Explícame más cosas —pidió Sofía con voz tranquila.

—¡Tendrías que oír hablar a los ratoncitos! —continuó el GGB—. No paran de chacotear entre ellos, y sus voces me llegan tan fuertes como la mía.

—¿Y qué dicen? —preguntó la niña.

—¡Ah, eso sólo lo saben ellos! También las arañas charlan que es un gusto. Puede que no lo creas, pero las arañas *es* unas chisquichismosas. En cambio, mientras tejen sus telas, no paran de cantar, ¡y su canto es más dulce que el de un *ruisiseñor*!

—¿Qué más oyes? —quiso saber Sofía.

—Una de las más charlatanas, es la *orguruga*.

—¿Qué dicen las orugas?

—Todo el día discuten sobre cuál será la *piriposa* más bonita. No hablan de otra cosa.

—¿Flota ahora por aquí algún sueño? —preguntó Sofía.

El GGB movió sus grandes orejas, prestando mucha atención. Luego sacudió la cabeza.

—No. Aquí no hay más sueños que los de los botes. Tengo un sitio especial donde atrapar sueños. No vienen casi nunca al País de los *Gingantes*.

—¿Cómo los atrapas?

—Del mismo modo que tú cazarías *piriposas* —contestó el gigante—. Con una red.

Seguidamente se levantó y se dirigió de un par de zancadas a un rincón de la cueva, donde había un palo apoyado en la pared de roca. Mediría unos diez metros de largo, y de su extremo pendía una red.

—¡Aquí tienes el cazasueños! —dijo, agarrando el palo con la mano—. Cada mañana salgo en busca de nuevos sueños para meter en mis tarros.

De repente pareció perder interés en la conversación.

—Me entra hambre —dijo—. Es hora de comer.

PEPINÁSPEROS

—Dime una cosa —pidió Sofía—. Si tú no te comes a las personas, como los demás, ¿de qué vives?

—¡Ahí está el *terribíbile* problema! —contestó el GGB—. En este *estrafafalarioso* País de los *Gingantes* no crecen cosas tan ricas como las piñas y las *furumbruesas*. Sólo hay una porquería de vegetal, que se llama pepináspero.

—¿Pepináspero? ¡Pero si eso no existe! —exclamó la niña.

El GGB la miró sonriente, enseñando unos veinte dientes muy blancos y grandotes.

—Ayer no creíamos en *gingantes*, ¿verdad? —dijo—. Hoy no creemos en los pepinásperos. ¡Y sólo porque nunca viste un pepináspero con tus ojiton! ¿Qué hay, por *ijemplo*, del saltapatitieso?

—¿Cómo? —quiso saber Sofía.

—¿O del rabinaspistacho?

—¿Y eso qué es?

—¿O del sabandiperro?

—¿Del qué?

—¡Ja! ¿Tampoco oíste hablar de los vaquifantes? —preguntó el GGB.

—¿Son animales? —preguntó Sofía.

—¡Toma, y animales *currientes*! —declaró el GGB con cierto desdén—. No es que yo *es* un gigante muy sabio, pero me parece que tú *es* un guisante humano bastante tonto. Tienes la mollera llena de *algondrón*.

—¡Algodón, querrás decir! —le corrigió Sofía.

—Bueno, lo que yo quiero decir y lo que digo, es dos cosas muy *dinferentes* —contestó el GGB con aires de importancia—. Ahora te enseñaré un pepináspero.

El gigante abrió un armario enorme y extrajo de él la cosa más rara que os podáis imaginar. Tenía la mitad de la

33

altura de un hombre normal, pero era mucho más grueso. Lo que podríamos llamar su cintura, tenía el tamaño de un cochecito de niños. Era de color negro, con rayas blancas a lo largo, y todo estaba cubierto de unos nudos muy abultados.

—¡Aquí tiene un *repengunante* pepináspero! —gritó el GGB, blandiéndolo en el aire—. ¡Yo lo cha-cha-chafaría! ¡Me da *asquinosidad*! ¡Lo tiraría lejos, lejos! Pero como yo no devoro guisantes humanos, como los demás *gingantes,* me toca pasar la vida mastica que mastica y traga que traga esta porquería de pepinásperos. Y si no los comiera, sería sólo piel y quesos.

—¡Quieres decir piel y huesos!

—¡Ya sé que *es* huesos! —contestó el GGB—. Debes comprender que no puedo evitar decir algunas cosas un poco *evicocadas*. ¡Hablo lo mejor *pisible*!

El Gran Gigante Bonachón pareció tan perdido, de pronto, que Sofía tuvo pena de él.

—Lo siento —dijo—. No quise ofenderte.

—Aquí, en el País de los *Gingantes*, no tuvimos nunca escuelas donde aprender a hablar bien... —se excusó el GGB.

—¿Y no te pudo enseñar tu madre?

—¿Mi *madre*? —exclamó el GGB—. ¡Los *gingantes* no tienen madre! Eso seguro que lo sabes.

—¡*No* lo sabía! —protestó la niña.

—¿Quién oyó hablar de una *mujer gingante*? —voceó el GGB, agitando el pepináspero como si fuera un lazo—. ¡Nunca *isistió* una mujer *gingante,* ni *isistirá*! Los *gingantes es* siempre hombres.

Sofía estaba ya muy confundida.

—En ese caso, ¿cómo naciste?

—¡Un *gingante* no nace! —respondió el GGB—. Un *gingante aparece,* ¡y ya está! Simplemente *aparece,* como el sol y las estrellas.

—¿Y cuándo apareciste tú? —preguntó Sofía.

—¿Cómo demonios puedo yo saber eso? —dijo el GGB—. ¡Hace tanto tiempo, que no lo sé contar!

—Eso significa que no tienes ni idea de tu edad...

—Ningún *gingante* la tiene... Yo sólo sé que *es* muy

viejo, muy viejo y arrugado. Quizá *es* tan viejo como la Tierra.

—¿Y qué ocurre cuando un gigante muere? —inquirió Sofía.

—Los *gingantes* no mueren —explicó el GGB—. A veces, un *gingante* desaparece de pronto, y nadie sabe a dónde va. Pero casi siempre, los *gingantes* viven y viven como *perpetuosos matusalenosos*.

El GGB continuaba con el horrible pepináspero en la mano derecha, hasta que por fin se lo llevó a la boca y mordió un gran trozo. Empezó a masticar, y el ruido era tal que parecía que machacara témpanos de hielo.

—¡Es *ascuroso*! —masculló con la boca llena, de modo que los pedazos de pepináspero salieron disparados en todas direcciones como balas.

Sofía saltó de un lado a otro de la mesa, cubriéndose la cara con las manos.

—¡Qué porquería! —exclamó el GGB—. ¡Ascuroso! ¡Repungunante! ¡Cochinibundo! ¡Prueba tú misma esta *puderidumbre*!

—¡No, gracias! —dijo Sofía, retrocediendo.

—Como es todo lo que hay por aquí para tragar, más valdrá que te *encostumbres* —recomendó el GGB—. ¡Anda, pequeña miseria, toma un poco!

La niña dio un bocadito; sin embargo, lo escupió en seguida, azorada.

—¡Uf, qué asco! ¡Si sabe a piel de sapo! —jadeó—. ¡Y a pescado podrido!

—Peor que eso —bramó el GGB, entre risotadas—. ¡A mí me sabe a *uscabarajos* y *babubosas*!

—¿De veras tenemos que comer eso? —dijo Sofía.

—Si no quieres ponerte delgada, delgada, y *esfumumarte* en el aire...

De nuevo apareció en los ojillos del gigante una expresión simpática.

—Con las palabras siempre me hago un lío. Se me *trataraba* la *luenga*... Has de tener *paraciencia* conmigo y no *quiriticarme* tanto. Yo ya sé lo que quiero decir, pero a veces no me sale y se me da la vuelta en la boca.

—Eso le pasa a cualquiera —dijo Sofía.

—Pero no como a mí —observó el GGB—. Yo me hago unos revoltillos *tirribles*.

—Pues yo creo que hablas muy bien —respondió Sofía.

—¿De veras lo crees? —exclamó el GGB, y la cara se le iluminó de pronto—. ¿Lo dices en serio?

—Sí. Hablas muy bien —repitió Sofía—, y tus palabras son bonitas.

—¡Oh! Es el mejor regalo que he tenido en toda mi vida... —balbuceó el GGB—. ¿Realmente, no me tomas el pelo?

—Desde luego que no —le confirmó la niña—. A mí me gusta tu forma de hablar.

—¡Qué *muravilloso*! —dijo el gigante, todavía con una sonrisa de oreja a oreja—. ¡Qué *sorprenchocante*! ¡Qué *chisposo*! ¡Me dejas *taratatamundo*!

—Escucha —le propuso Sofía—. No tenemos por qué comer esos inmundos pepinásperos. En los campos de mi pueblo hay toda clase de verduras, tales como coliflores y zanahorias. ¿Por qué no coges algunas, la próxima vez que vayas?

El GGB alzó la cabeza con gesto orgulloso.

—Yo *es* un gigante muy honorable —declaró—, y prefiero comer esos *repungunantes* pepinásperos antes que rapiñar las cosas a la gente.

—¡Pues bien que me robaste a mí! —protestó Sofía.

—Eso no era mucho —se excusó el GGB, con una sonrisa tierna—. Al fin y al cabo, tú *es* sólo una niña muy pequeña.

EL GIGANTE SANGUINARIO

DE repente llegó un ruido espantoso desde la entrada de la cueva, y una voz de trueno rugió:

—¡Enano! ¿*Es tú* ahí, enano? Te oí charlar. ¿Quién tienes ahí dentro?

—¡Diantre! —exclamó el GGB—. ¡Es Sanguinario!

Pero antes de que pudiera terminar la frase, la roca fue apartada y un gigante colosal, más del doble de grandote que Bonachón, entró agachado en la cueva. Sólo cubría su desnudez con una faldita sucia y cortísima.

Sofía estaba encima de la mesa. Cerca de ella había quedado el enorme pepináspero a medio comer, y se escondió tras él.

Aquella criatura monstruosa se acercó pesadamente y, situado como una torre delante del pobre GGB, voceó:

—¿Con quién hablabas, enano *rindículo?*

—Con... conmigo mismo —farfulló el GGB.

—¡Mentira! —rugió Sanguinario—. ¡Sabandija asquerosa! ¡Tú hablabas con un guisante humano!

—¡Que no! —protestó el GGB.

—¡Bah, bah! —dijo Sanguinario—. Sospecho que robaste a un guisante humano y te lo trajiste a tu antro para que te sirva de juguete... ¡Pero yo lo buscaré y lo he de devorar como *aperipitivo,* antes de mi cena!

El pobre GGB estaba terriblemente nervioso.

—A... a... aquí no... no hay n... nadie... —tartamudeó—. ¿P-por qué no me d-d-dejas e... e... en paz?

El gigante Sanguinario clavó en el GGB un dedo del tamaño de un tronco de árbol.

—¡*Escaburajo* indecente! —gritó—. ¡Birria de birrias! ¡*Espantajoso rencuanajo!* ¡Pero yo voy a buscar a ese guisante humano...!

Y agarrando al GGB por un brazo, añadió:

—¡Tú me vas a ayudar a encontrarlo! Entre tú y yo los sacaremos de su *escondriojo.*

El GGB había pensado barrer a Sofía de la mesa en cuanto tuviera ocasión, para ocultarla detrás de su propio cuerpo, pero ahora ya no sería posible. La niña, por su parte, miraba desde el otro lado del pepináspero medio comido, mientras los dos gigantes discutían y se movían por la cueva.

Sanguinario tenía un aspecto horripilante. Su piel era de un color rojizo. Tanto su pecho como su estómago y sus brazos estaban cubiertos de vello negro, y el pelo que cubría su cabeza era largo, oscuro y despeinado. La cara del gigantón, sucia a más no poder, tenía forma redonda y aplastada. Los ojos eran dos pequeños agujeros negros. La nariz se veía corta y chata, mientras que la boca... ¡la boca era bestial! Partía la cara de oreja a oreja, y los labios parecían dos enormes salchichas de Francfort, colocadas una encima de otra. De entre ellas asomaban unos dientes amarillos y rotos, y ríos de saliva le chorreaban mentón abajo.

No costaba nada creer que aquel bruto comiera carne humana y se alimentara cada noche de hombres, mujeres y niños.

Sanguinario examinaba todas las hileras de botes sin soltar al GGB.

—¡Tú y tus *rindículos* tarros! —gritó—. ¿Qué demonios guardas en ellos?

—Nada que te interese —le contestó Bonachón—. A ti, lo único que te importa es devorar guisantes humanos.

—¡Y tú *es* más idiota que un perro faldero! —bramó Sanguinario.

Sofía se dijo que el horrible gigante no tardaría en descubrirla sobre la mesa. Y ella no podía saltar al suelo puesto que estaba a tres metros de altura. Y de hacerlo, se rompería una pierna. Además, el pepináspero, aunque gordo como un cochecito de niños, no la protegería, si Sanguinario lo levantaba.

La niña examinó la parte mordida del pepináspero. En su centro había grandes pepitas, cada una del tamaño de un melón. Estaban metidas en una carne blanducha y viscosa. Siempre con gran cuidado de no ser vista, Sofía alargó el brazo y sacó del pepináspero media docena de pepitas. De ese modo obtuvo un hueco suficiente para meterse ella, si podía permanecer bien encogida. Era un sitio húmedo y desagradable, pero quizá la salvara de ser comida.

Ahora, Sanguinario y el GGB se acercaban de nuevo a la mesa.

Sofía observó que su amigo estaba a punto de desmayarse. Temía que, de un instante a otro, la niña fuese descubierta y engullida.

Repentinamente, Sanguinario agarró el pepináspero mordido. El GGB contempló boquiabierto la mesa vacía.

«¿Dónde estás, pequeña? —pensó con desesperación—. No pudiste saltar de esa mesa tan alta... ¿Dónde te escondes, pues?»

—¡Ah, conque ésta es la *porquería* que tú comes! —bramó el gigantón, manteniendo en el aire el pepináspero ya empezado—. ¡Debes de estar loco, para tragarte semejante jalea de perros!

Durante unos instantes, Sanguinario pareció haber olvidado la búsqueda de Sofía, y el GGB decidió distraerle todavía más.

—¡Lo que tienes en la mano, es un pepináspero supercaldisustancioso! —dijo—. Yo los devoro con *tumiásmiso* noche y día. ¿Nunca probaste el papináspero, amigo Sanguinario?

—Los guisantes humanos *es* más sabrosos —contestó el bruto.

—¡Dices burriburradas! —afirmó el GGB, que por momentos sentía crecer su valor.

Estaba seguro de que, si lograba que Sanguinario probara aquel fruto repulsivo, su horrible sabor le haría salir disparado de la cueva.

—Me harás feliz si lo paladeas —insistió—. Pero te ruego que, por muy rico y supercaldisustancioso que lo encuentres, no lo *engugullas* de una vez. ¡Déjame un pedacito para la cena!

Sanguinario examinó el pepináspero con sus ojillos de cerdo, en los que brillaba la sospecha.

Sofía, acurrucada en la parte ya mordida, se echó a temblar.

—Tú quieres tomarme el pelo, ¿no? —dijo el gigantón.

—¡Nada de eso! —exclamó el GGB con vehemencia—. Pégale un bocado, y seguro que gritarás de *tusiásmiso* al ver lo supercaldisustancioso que es.

En efecto, la boca de Sanguinario parecía hacerse agua ante la idea de probar el pepináspero. Era un tragón.

—Los *vigitábiles es* muy buenos para ti —prosiguió el GGB—. Comer sólo carne no es sano...

—Por una vez voy a probar esta inmundicia que tú comes —dijo Sanguinario—. Pero te *ambierto* que, si me da asco, te la aplastaré en tu cabezota llena de barro.

Cogió el pepináspero.

Y empezó a levantarlo hasta su boca, que quedaba a tantos metros de altura.

Sofía estuvo a punto de gritar «¡No!», pero eso hubiera significado una muerte aún más segura. Encogida entre las viscosas pepitas, se sentía viajando hacia los horribles labios de Sanguinario.

Por fin hubo un crujido cuando el enorme gigante arrancó un trozo del extremo. Sofía vio cómo sus amarillentos dientes chocaban a pocas pulgadas de su cabeza. Luego, todo fue oscuridad. Estaba dentro de su boca. Y tuvo que soportar una vaharada del fétido aliento de Sanguinario... Apestaba a carne podrida...

Esperaba que los espantosos dientes se cerrasen de nuevo, y pidió a Dios que la dejase morir rápidamente.

—¡Uaaaaf! —rugió en esto Sanguinario—. ¡Oooooj! ¡¡Uuuuf!!

Y escupió lo que tenía en la boca.

Todos los trozos de pepináspero que había estado masticando, así como la propia Sofía, salieron arrojados a través de la cueva.

Si la niña llegaba a dar contra el duro suelo de la caverna, seguramente habría muerto. Pero tuvo la suerte de quedar enganchada en los pliegues de la negra capa del GGB, colgada de un clavo en la pared, y aunque cuando llegó al suelo estaba medio atontada, logró meterse debajo del dobladillo de la capa, y allí se acurrucó.

—¡Mamarracho imbécil! —bramó Sanguinario—. ¡Cerdo *cochinoso*!

Se lanzó contra Bonachón y le aplastó en la cabeza lo que quedaba del pepináspero. Por toda la cueva volaron restos de aquella pulpa verde y pegajosa.

—¿No te gusta? —preguntó el GGB, haciéndose el inocente, a la vez que se frotaba la cabeza.

—¿Gustarme? —aulló Sanguinario—. ¡Es el sabor más *ascuroso* que hayan tocado jamás mis dientes! Tienes que estar chiflado para tragar semejante basura... ¡Pensar que cada noche podrías llenarte la barriga de jugosos guisantes humanos...!

—¡Comer carne humana es malo e injusto! —protestó el GGB.

—¡Es superrico y fabuloso! —gritó Sanguinario—. Y esta misma noche me largo al galope a Chile, para *engullitar* unos cuantos guisantes humanos chilenos. ¿Quieres saber por qué elijo Chile?

—Yo no deseo saber nada —replicó el GGB, en tono muy digno.

—Elijo Chile —explicó Sanguinario a pesar de todo—, porque en la gente de allí predomina el gusto a *esquianimales*. Con el calor que hace, me conviene comer muchas cosas frías, y lo más frío, después de un *esquianimal,* es un guisante chileno. Comerlos me produce un escalofrío especial.

—¡Horrible! —exclamó el GGB—. ¡Deberías avergonzarte!

—Otros gigantes dicen que galoparán a Inglaterra, esta noche, para zamparse a unos cuantos colegiales —prosiguió Sanguinario—. Los niños de escuela tienen un sabor muy *angradable* a tinta y libros. A lo mejor cambio de idea y me voy con ellos a Inglaterra.

—Tú *es* insoportable —dijo el GGB.

—¡Y tú, un insulto para todos los demás gigantes! —contestó Sanguinario—. ¡No mereces pertenecer a nuestra raza! Eres una birria zurrimiosa, ¡un miserable rabo de cerdo! Un... ¡blanducho bollo de crema!

Con estas palabras de desprecio, el horrible Sanguinario abandonó la cueva. El GGB corrió a la entrada y volvió a colocar la piedra en su sitio.

—¡Sofía! —susurró entonces—. ¿Dónde *es* tú, mi pequeña Sofía?

La niña asomó la cabeza por debajo del dobladillo de la negra capa.

—¡Aquí estoy! —respondió.

El GGB la levantó y la puso con todo cariño en la palma de su mano.

—¡Ay, yo *es* tan feliz de encontrarte entera...! —suspiró.

—¡Estuve en su boca! —explicó Sofía.

—¿Tú *qué*? —gritó el gigante.

La niña le contó lo sucedido.

—¡Qué barbaridad! Yo, animándole a comerse esa *as-*

curosidad de pepináspero, ¡y tú *eras* dentro...! —decía horrorizado Bonachón, una y otra vez.

—No fue muy divertido —admitió Sofía.

—¡Mira cómo *vas*, mi pobre *criricriaturura*! ¡Toda manchada de pepináspero y babas del *gingante*! —gimoteó Bonachón, al mismo tiempo que comenzaba a asearla lo mejor posible, y por fin dijo—: ¿Sabes qué me gustaría?

—¿Qué?

—Encontrar la manera de hacer *desapaparecer* a todos esos *gingantes*.

—Te ayudaría con mucho gusto —declaró Sofía—. Ya pensaré, a ver si se me ocurre algo.

GASIPUM Y POPOTRAQUES

SOFÍA no sólo empezaba a sentir apetito, sino que también estaba muy sedienta. De estar en su casa, ya habría terminado el desayuno mucho antes.

—¿Estás seguro de que no hay nada para comer, por aquí, aparte esos repelentes pepinásperos? —preguntó.

—¡Ni una pipipulga! —contestó el Gran Gigante Bonachón.

—En ese caso, ¿puedo beber un poco de agua?

—¿Agua? —repitió el GGB, frunciendo el ceño—. ¿Qué es agua?

—¡Lo que nosotros bebemos! —dijo Sofía—. ¿Qué tomáis vosotros?

—¿Nosotros? ¡Gasipum! —contestó Bonachón—. Todos los *gingantes* beben gasipum.

—¿Y es tan malo como los dichosos pepinásperos? —quiso saber Sofía.

—¿Malo? —protestó el GGB—. ¡Nada de malo! El gasipum es dulce y *alegroso*.

Se levantó de la silla y se dirigió a un segundo armario enorme del que sacó una botella de vidrio que mediría dos metros de altura. Estaba medio llena de un líquido verde pálido.

—¡Esto es el gasipum! —anunció, alzando la botella con orgullo, como si se tratase de algún vino viejo y raro—. ¡*Delucioso* y *picoso* gasipum!

Agitó la botella, y el líquido verde comenzó a burbujear como loco.

—¡Oh, pero si las burbujas van al revés! —exclamó Sofía.

Y así era. En vez de subir y estallar en la superficie, las burbujas descendían y estallaban en el fondo, donde se formaba una espuma verde.

—¿Qué demonio quieres decir con eso de que van al revés? —gruñó Bonachón.

—En nuestras bebidas gaseosas —explicó Sofía—, las burbujas siempre suben y estallan arriba.

—¡Pues eso *es* mal! —afirmó el GGB—. Las *buruburubujas* no tienen que subir. Es la tontería más *torontonta* que he oído.

—¿Por qué?

—¿Y tú me preguntas por qué? —gritó el gigante, moviendo la botella de un lado a otro, como si dirigiese una orquesta—. ¿De veras quieres hacerme creer que no entiendes qué es un *dispirate*, eee... un *disraspate*, eso de que las *buruburujas* tengan que subir en vez de bajar?

—No te entiendo. ¿Quieres explicarte de una vez? —preguntó Sofía, muy educadita.

—¡Claro! —voceó el Gran Gigante Bonachón—. Es una *torontontería*, eso de las *buburujas* subiendo. Y si no lo entiendes, es que *es* más boba que un perripato. Tu cabeza debe de *ser* llena de rabos de *recuajo* y patas de mosquito. ¡Me asusta ver que no sabes pensar!

—¿Por qué no han de subir las burbujas? —inquirió Sofía.

—Te lo diré, pero antes *isplícame* cómo se llama vuestro gasipum.

—Tenemos la Coca —contestó Sofía—. Otra es la Pepsi, pero hay muchas marcas y clases de bebidas gaseosas.

—¿Y en todas suben las *buburuburujas*?

—¡Sí, claro!

—¡*Catastroso!* —exclamó el GGB—. ¡*Buruburujas* subiendo son una *catastrosa desástrofe*!

—Dime por qué —insistió la niña.

—Si escuchas bien, trataré de explicártelo —dijo el gigante—. Pero tu seso *es* tan lleno de pulguirrabijos, que no creo que lo entiendas.

—Haré cuanto sea posible —respondió Sofía con paciencia.

—Bien... Cuando tú bebes esa *coquia* vuestra, cae *diridectamente* a tu barriga, ¿no? ¿O me *evicoco*?

—No te equivocas —dijo Sofía.

—Y las *burburujas* van también a la barriga. ¿O no es así?

—Sí que van, claro.

—¿Y esas *burburujas* suben?

—¡Naturalmente!

—Lo que quiere *dicir* que saldrán todas, blupblup, por la *graganta* y por la boca y os harán soltar un *uructo* asqueroso...

—Eso sucede con frecuencia, sí —admitió Sofía—. Pero un pequeño eructo de vez en cuando, no tiene importancia. Casi es divertido.

—¡*Uructar* es muy feo! —exclamó Bonachón—. Los *gingantes* nunca lo hacemos.

—Sin embargo, con esa bebida... —señaló Sofía—. ¿Cómo la llamáis?

—Gasipum.

—Con el gasipum —dijo la niña— las burbujas de vuestras barrigas bajarán y... tendrán un resultado todavía peor.

—¿Por qué peor? —preguntó el GGB, sorprendido.

—Porque... —respondió Sofía, sonrojándose un poquito—, si bajan en vez de subir, tendrán que salir por otra parte, con un ruido aún más fuerte y más ordinario.

—¡Ah, con un popotraque, quieres decir! —exclamó el Gran Gigante Bonachón, muy sonriente—. ¡Los *gingantes* soltamos popotraques continuamente! Eso es señal de *filicidad*. ¡Es música para nuestros oídos! No vas a *dicirme* que un poco de popotraqueo es cosa prohibida entre los guisantes humanos...

—Se considera de muy mala educación —contestó Sofía.

—Pero tú bien debes soltar algún popotraque de vez en cuando, ¿no? —quiso saber el GGB.

—Todo el mundo lo hace —reconoció la niña—. Los reyes y las reinas popotraquean, como lo llamáis. Y también los presidentes. Y los artistas de cine. Y los bebés. Pero en mi tierra no es fino hablar de eso.

—*¡Rindículo!* —dijo el gigante—. Si todo el mundo hace popotraques, ¿por qué no hablar de ello? Ahora mismo voy a beber un trago del *dilicioso* gasipum, y verás qué buen resultado.

El GGB agitó la botella con fuerza. El líquido verde pálido empezó a burbujear alegremente. Entonces, Bonachón quitó el tapón y tomó un enorme y gorgoteante sorbo.

—¡Hum, qué sabigustoso! —comentó—. ¡Me *tusiásmisa*!

El GGB permaneció inmóvil durante unos segundos, y una expresión de embeleso empezó a extenderse por su cara larga y arrugada. Hasta que, de pronto, la bebida hizo su efecto y el gigante soltó una serie de ruidos, los más sonoros y ordinarios que Sofía hubiese oído jamás. Retumbaban contra las paredes de la cueva como truenos, y los botes de vidrio temblaron en sus estantes. Pero lo más asombroso fue que la fuerza de las explosiones levantó al gigante del suelo, casi como un cohete.

—¡Yuppiii! —gritó Bonachón al fin, cuando se vio de nuevo en el suelo—. ¡Y ahora te toca a ti!

Sofía se echó a reír. No podía contenerse.

—¡Prúebalo! —insistió el Gran Gigante Bonachón, al mismo tiempo que inclinaba hacia ella la colosal botella.

—¿No tienes una taza? —preguntó la niña.

—Nada de tazas. Sólo botella.

Sofía abrió la boca y el gigante vertió en ella, con sumo cuidado, un poco de aquel formidable gasipum.

¡Mmmm, si era riquísimo! Dulce y muy refrescante. Sabía a vainilla y crema, con un ligero aroma de frambuesas al paladearlo bien. Y las burbujas resultaban agradabilísimas. Sofía notó cómo le saltaban y estallaban en el interior de su barriga. Era una sensación estupenda. Le

Your receipt
Pasadena Public Library

Customer ID: ******2460

Items that you checked out

Title: El gran gigante bonach ⊢| n
ID: R0203421768
Due: Saturday, April 01, 2017

Title:
 Diario de Nikki 5 : Una sabelotodo no tan
 lista
ID: 33478001212561
Due: Saturday, April 01, 2017

Total items: 2
Account balance: $0.00
3/18/2017 12:44 PM
Checked out: 2
Overdue: 0
Ready for pickup: 0

Thank you for using the
3M SelfCheck™ System.

parecía tener centenares de diminutos seres danzando en su interior y haciéndole cosquillas con los dedos de los pies. ¡Qué divertido!

—¡Oh, qué gracia! —dijo.

—¡Espera, espera! —respondió el GGB, con unas orejas que se movían como abanicos.

Sofía sintió que las burbujas bajaban y bajaban por su barriga, hasta que, de repente y sin que ella pudiera evitarlo, ¡se produjo la explosión! Sonaron las trompetas y las paredes de la cueva resonaron como antes.

—¡Bravo! —gritó el Gran Gigante Bonachón, agitando la botella—. ¡Muy bien, para ser una *pirimcipiante*! ¡Vamos a tomar otro trago!

VIAJE AL PAÍS DE LOS SUEÑOS

En cuanto hubo terminado la loca fiesta del gasipum, Sofía quedó instalada encima de la enorme mesa.

—¿Te encuentras mejor ahora? —preguntó Bonachón.

—¡Mucho mejor, gracias! —contestó Sofía.

—Si alguna vez me siento un poco *memomareado*, bebo unos sorbos de gasipum, y en un simisumisantiamén me curo —explicó el gigante.

—Ha sido una experiencia fantástica —admitió Sofía.

—¿Sólo fantástica? ¡Es supercurriformidosa! ¡Fantastimirable!

Luego dio media vuelta, cruzó la cueva a grandes zancadas y cogió el cazasueños.

—Ahora me voy a cazar algunos sueños estupendicionantes para mi colección —agregó—. Lo hago cada día, ¿sabes? ¿Quieres venir conmigo?

—¡No, muchas gracias! —respondió la niña—. ¡No tengo ganas de encontrarme con esos horribles gigantes que merodean por ahí fuera!

—Te meteré en el bolsillo de mi chaleco, para que vayas cómoda —dijo el GGB—, y nadie te verá.

Antes de que Sofía pudiera protestar, ya estaba dentro del bolsillo. Allí tenía sitio suficiente.

—¿Quieres un agujerito para mirar? —preguntó Bonachón.

—¡Ya hay uno! —contestó la pequeña.

Lo había descubierto en seguida y, si aplicaba un ojo a él, podría ver todo lo que sucedía fuera. Así observó cómo Bonachón se agachaba para llenar su maleta de tarros vacíos. Después la cerró, la agarró con una mano, tomó en la otra el cazasueños y partió en dirección a la salida.

Ya fuera de la cueva, el GGB avanzó a grandes pasos por el extenso y caluroso desierto amarillo salpicado de rocas azules y árboles muertos. Sofía, agachada en su bolsillo para verlo todo a través del agujero, no tardó en descubrir al grupo de enormes gigantes que estaban reunidos a unos trescientos metros de distancia.

—¡Contén la *respiración*! —le susurró Bonachón desde arriba—. ¡Y cruza los dedos! Tenemos que pasar por delante de todos esos *gingantes*. ¿Ves a aquel tan *hurruroso*? ¿El que está más cerca de nosotros?

—Sí; le veo —respondió Sofía, igualmente en su susurro.

—Es el más *ispantoso* de todos. Y el más *grandoso*, también. Le llaman Tragacarnes.

—No me hables de él, por favor —suplicó Sofía.

—Mide *diciocho* metros de alto —continuó Bonachón, sin hacerle caso—. Y se zampa los guisantes humanos como si fueran *terrerones* de azúcar, de dos en dos o de tres en tres.

—¡Calla, que me pones nerviosa! —se quejó la niña.

—También yo *es nivrioso* —murmuró el GGB—. Siempre me entra un guirrigurri, cuando Tragacarnes anda cerca de mí.

—¡Manténte apartado de él! —le rogó la niña.

—No es *pisible*. Galopa dos veces más *prisoso* que yo.

—¿Volvemos atrás? —propuso Sofía.

—Eso sería peor —respondió Bonachón—. Si me ve correr, se pondrá a perseguirme y tirar piedras.

—Sin embargo, los gigantes serían incapaces de devorarte a ti, ¿verdad? —quiso asegurarse la niña.

—Los *gingantes* nunca se comen a otros *gingantes* —dijo el GGB—. Riñen y *discurten* de continuo, pero no se *divoran*. Encuentran más sustanciosos a los guisantes humanos.

Los gigantes ya habían visto a Bonachón, y todos volvieron la cabeza en dirección a él. Sofía se dio cuenta de que su amigo intentaba pasar de largo, por la derecha, pero también comprobó que Tragacarnes se acercaba, dispuesto a interceptarle el camino. El monstruo no iba de prisa. Simplemente, dio unos cuantos saltos hacia un lugar por donde el GGB tendría que pasar. Los demás le imitaron. Sofía contó nueve gigantes, y en medio de ellos reconoció a Sanguinario. Parecían aburridos. No tenían nada que hacer hasta la llegada de la noche. Pero en ellos había un aire de amenaza, cuando cruzaron el llano a enormes zancadas, para encontrarse con Bonachón.

—¡Ahí viene el enano! —bramó Tragacarnes—. ¡Ah, enano! ¿A dónde vas, patipateando tan aprisa?

Alargó uno de sus brazos como troncos de árbol y agarró al GGB por los pelos.

Bonachón no intentó pelear con él. Simplemente se detuvo, permaneció quieto y dijo:

—Haz el favor de soltar mis cabellos, Tragacarnes.

El monstruo dejó sus pelos y retrocedió un paso. Los demás gigantes les rodeaban en espera de que comenzara la diversión.

—¡A ver, mamarrachoso enano! —dijo Tragacarnes—. Todos nosotros queremos saber a dónde galopas cada día, a la luz del sol. Nadie debe salir antes del anochecer. Los guisantes humanos podrían descubrirte e iniciar una caza de gigantes y nosotros no queremos que eso suceda, ¿entendido?

—¡No, claro que no! —tronaron los otros—. ¡Vuelve a tu cueva, enano!

—Yo no galopo a ningún país de guisantes humanos —contestó Bonachón—. Voy a otros sitios.

—Sospecho —dijo entonces Tragacarnes— que tú cazas guisantes humanos y los tienes de juguetes en tu casa.

—¡Eso, eso! —asintió Sanguinario—. Hace poco le oí charlar con alguien en su cueva.

—Podéis venir y *rengistrar* mi casa de un rincón a otro —declaró el GGB—. *Rengistrad* en cada grieta y cada *angujero*. No tengo guisantes humanos, ni guisantes con hilos, ni guisantes blancos, ni guisantes de ninguna otra clase.

Sofía permanecía quietecita como un ratón en el bolsillo de su amigo. Apenas se atrevía a respirar y le horrorizaba la idea de tener que estornudar. El más leve sonido o movimiento delataría su presencia. Por el agujero vio cómo los gigantes se agrupaban alrededor del GGB. ¡Qué repugnantes resultaban! Todos ellos tenían ojillos de cerdo y unas bocazas tremendas, con labios de salchichas. Cuando Tragacarnes hablaba, pudo ver su lengua. ¡Era negra, como una descomunal tajada de carne podrida y horrible! Desde luego, cada uno de aquellos gigantes era el doble de Bonachón.

De pronto, Tragacarnes lanzó hacia delante sus manazas y agarró al GGB por la cintura. Lo arrojó al aire y gritó:

—¡Cógele, Quebrantahombres!

Y Quebrantahombres le atrapó. Los demás gigantes se pusieron rápidamente en círculo, cada cual a unos veinte metros del compañero, preparados para el juego que tan entretenido prometía ser. Ahora fue Quebrantahombres quien lanzó al aire al GGB, gritando:

—¡Atrápale tú, Ronchahuesos!

Éste se adelantó, cogió al pobre Bonachón y volvió a tirarle por los aires.

—¡Ahora tú, Mascaniños!

Y así continuaron. Los gigantes jugaban a la pelota con el GGB, y cada cual procuraba echarle a más altura. Sofía clavó las uñas en los pliegues del bolsillo, luchando para no caer y rodar cuando quedaba cabeza abajo. Le parecía hallarse en un barril, saltando a trompicones por las cataratas del Niágara. Además le asaltó un miedo terrible por si uno de los gigantes dejara caer a Bonachón y éste se partiera la cabeza.

—¡Cógele, Escurrepicadillo!

—¡Péscale tú, Buche de Ogro!

—¡Te toca a ti, Aplastamocosos!

—¡Y a ti, Sanguinario!

—¡Cógele…!

—¡Eso…, cógele…, cógele…!

Por fin se cansaron de aquel juego y tiraron al suelo al desdichado Bonachón. Éste ya no sabía qué le pasaba. Pero aún le propinaron varios puntapiés, al mismo tiempo que voceaban:

—¡Corre, enano! ¡Queremos ver lo a prisa que sabes galopar!

El GGB echó a correr, claro. ¿Qué otra cosa podía hacer? Los gigantes le perseguían ahora a pedradas, y menos mal que Bonachón supo esquivarlas.

Desde lejos todavía oía sus gritos e insultos:

—¡Enano *ridiculoso*! ¡Miseria, más que miseria! ¡Quisquilla encogida! ¡Mosca podrida! ¡Mamarracho tembloroso! ¡Larva *irrinsoria*!

Finalmente, el GGB se los sacó a todos de encima. Al cabo de otro par de minutos, aquel hato de gigantes había desaparecido en el horizonte. Sofía sacó la nariz del bolsillo.

—¡Qué angustia! —dijo.

—¡Uf! —respondió Bonachón—. ¡Pongamos tierra de por medio! ¡Vaya día que tienen esos bestias! Pero sobre todo siento lo mal que lo pasarías tú, con tantas tumbiteretas por el aire.

—No me fue peor que a ti —le tranquilizó la niña—. ¿Realmente habrían sido capaces de hacerte daño?

—Uno no se puede fiar de ellos.

—¿Y cómo atrapan a los humanos que luego se comen? —preguntó Sofía.

—Casi siempre meten un brazo por la ventana del dormitorio y los sacan de la cama —explicó el GGB.

—Como tú hiciste conmigo.

—Bueno, pero yo no te como —protestó el gigante.

—¿Y dónde más cogen a las personas?

—A veces, cuando las ven nadando en el mar con sólo la cabeza fuera. Entonces alargan su mano peluda… y se las llevan.

—¿También roban niños?

—¡Huy, muchos! —contestó el GGB—. Roban a muchos niños cuando construyen castillos de arena en la playa. A los *gingantes* les vuelven locos, porque son menos duros de comer que las abuelas viejas, según dice Mascaniños.

Mientras conversaban, el Gran Gigante Bonachón galopaba rápidamente por el país. Sofía se había puesto de pie en el bolsillo del chaleco y se había cogido bien del borde. Su cabeza y sus hombros quedaban al aire libre, y el viento jugueteaba con sus cabellos.

—¿Y qué otras maneras tienen de cazar personas? —inquirió Sofía.

—Cada cual tiene su modo de hacerlo —respondió el GGB—. El *gingante* Escurrepicadillo prefiere hacer ver que es un árbol enorme. Se coloca en un parque al anochecer, cubre su cabezota con ramas muy gordas, y allí espera a que vayan unas cuantas familias de excursión, la mar de *cuntentas*, y se sientan a tomar sus *bocallidos* debajo de él. El *gingante* Escurrepicadillo las vigila mientras comen..., y al final es él quien come a gusto.

—¡Qué espanto! —exclamó Sofía.

—Al *gingante* Buche de Ogro le encanta la ciudad —prosiguió Bonachón—. Buche de Ogro se esconde escondrijado entre los tejados de las casas de las ciudades grandes y ve correr a los guisantes humanos por la calle, y cuando *descrube* alguno que parece tener buen sabor, lo coge. Hace lo mismo que los monos cuando agarran un *cucuete.* Dice que es muy divertido *egelir* lo que vas a tomar para cenar. Dice que es como escoger un menú.

—¿Y la gente no le ve? —preguntó la niña.

—No, nunca. No olvides que sólo va cuando es *uscuro uscuro*. Además, Buche de Ogro tiene un brazo muy rápido. Lo baja y lo sube *aprisiprisideprisa*.

—Pero si cada noche desaparecen unas cuantas personas, tiene que haber alguna queja...

—El mundo es muy grande y *enridado* —explicó el GGB—. Se divide en cien países *dinsintos*. Y los *gingantes* no tienen nada de tontos. Ya *prucuran* no ro... *robisquear* dos veces seguidas en el mismo país. Siempre corriscorrisquean de un sitio a otro.

—Pero aun así... —objetó Sofía.

—No olvides —volvió a decir el GGB— que los guisantes humanos *disiparecen* continuamente de todas partes, aunque no se los zampen los *gingantes*. Los guisantes humanos se matan entre sí mucho más *di prisa* de lo que se los comen los *gingantes*.

—Sin embargo, no se devoran unos a otros —protestó Sofía.

—Tampoco los *gingantes* se comen unos a otros. Ni se matan. Los *gingantes* no *es* muy bueno, pero no se matan entre sí. Ni los crocodilios matan a otros crocodilios. Ni los gatos matan a los gatos.

—Matan a los ratones —señaló Sofía.

—Ah, pero eso no es matar a otro de la misma *ispecie* —dijo el Gran Gigante Bonachón—. Los guisantes humanos son los únicos animales que se matan entre sí.

—¿Ni siquiera lo hacen las serpientes venenosas? —quiso saber la niña.

—¡Ni *quisiera* las *vensientes serpontosas*! —afirmó el GGB—. Ni las fieras más terribles, como las tigres y los *reinocirontoses*. Ninguno de ellos mata a otro de su *ispecie*. ¿Habías pensado alguna vez en ello?

Sofía permaneció callada.

—Yo no acabo de entender a los guisantes humanos —continuó Bonachón—. Tú *es* un guisante humano y dices que es *horribiloso* y *renpungante* que esos *gingantones* devoren a los guisantes humanos. ¿No?

—Sí —respondió la niña.

—Pero los guisantes humanos se aplastan entre ellos sin cesar —insistió el GGB—. Se disparan cañones y montan en *aerioplanos* para arrojarse bombas en la cabeza. Y eso, cada semana. ¡Los guisantes humanos no dejan de asesinar a otros guisantes humanos!

Tenía razón. Desde luego que la tenía, y a Sofía le constaba. Empezaba a preguntarse si los humanos eran mejores que los gigantes.

—Aun así —contestó en defensa de su propia raza—, creo que es horroroso que esos monstruos salgan cada noche a la caza de seres humanos. ¿Qué daño les han hecho a ellos los humanos?

—Bueno, eso seguramente dice cada día el cerdito —señaló el GGB—. «Yo nunca hice daño a los guisantes humanos. ¿Por qué, pues, tienen que comerme?»

—¡Ay, Señor! —suspiró Sofía.

—Los guisantes humanos establecen reglas que les van bien a ellos —prosiguió el GGB—. Pero esas reglas no *es* buenas para los cerditos. ¿Tengo *zarrón*, o no?

—Sí. Tienes razón —dijo la niña.

—También los *gingantes* tienen sus reglas, que no gustan a los guisantes humanos. Cada cual hace sus reglas de forma que le vayan bien a él.

—Pero a ti no te gusta que esos horribles gigantes devoren cada noche a tanta gente, ¿verdad? —preguntó Sofía.

—¡No, claro! —declaró Bonachón con firmeza—. Eso es una *barabiridad*. ¿Te encuentras cómoda en mi bolsillo?

—Sí, mucho.

Y acto seguido, el GGB volvió a adquirir una velocidad tremenda. Daba unos saltos fenomenales. Era increíble ver cómo avanzaban. El paisaje se fue haciendo borroso y Sofía tuvo que agacharse para que el vendaval no le arrancara la cabeza de los hombros. Acurrucadita en el interior del bolsillo, escuchaba los aullidos del viento, que penetraba cortante por el agujero de la tela y la envolvía como un furioso huracán.

Pero esta vez, la carrera del GGB no duró demasiado. Parecía como si hubiera tenido que salvar algún obstáculo, quizá una gran cordillera o un océano o un vasto desierto, y que, una vez superada la dificultad, Bonachón volvía a su trote normal. Sofía pudo entonces asomarse de nuevo y admirar el paisaje.

Se dio cuenta, ahora, de que se hallaban en un país muy, pero muy pálido. El sol había desaparecido encima de una capa de vapor. A cada minuto, el aire se hacía más frío. El suelo era plano y estaba desnudo, sin color de ninguna clase.

La niebla aumentaba de continuo. El frío fue más intenso todavía, y todo palideció y palideció aún más, hasta que Bonachón y la niña se vieron rodeados de una espesa capa gris y blanca. Estaban en un mundo de revueltas brumas y fantasmagóricos vapores. En el suelo crecía algo de hierba, pero no verde sino de un gris ceniciento. No había señal de vida en tan extraño lugar ni sonido alguno, sólo las pisadas del GGB blandían cortando la niebla.

El gigante se paró de golpe.

—¡Al fin llegamos! —anunció, al tiempo que se inclinaba para sacar a Sofía del bolsillo y dejarla en tierra.

La niña iba todavía en su camisa de dormir, y sus pies estaban descalzos. La pobrecilla temblando de frío miraba asombrada a su alrededor.

—¿Qué es esto? —preguntó.

—¡Es el País de los Sueños! —dijo el Gran Gigante Bonachón—. Aquí es donde todos los sueños.

LA CAZA DE SUEÑOS

El Gran Gigante Bonachón depositó su maleta en el suelo y se agachó de manera que su enorme cara quedase junto a la de Sofía.

—A partir de ahora, debemos estar tan calladitos como los ratones —susurró.

Sofía hizo un gesto afirmativo. La misteriosa neblina se arremolinaba a su alrededor. Pronto tuvo las mejillas húmedas y el pelo lleno de gotitas de rocío.

El GGB abrió la maleta y extrajo de ella una serie de tarros vacíos, que colocó en el suelo sin sus tapas de rosca. Luego se enderezó y quedó muy rígido. Su cabeza se hundía ahora en la densa niebla y desaparecía a ratos, para volver a surgir entre las brumas. Bonachón sostenía el cazasueños con su mano derecha.

Mirando hacia arriba, Sofía vio, a través de los jirones de nubes, cómo las colosales orejas del amigo empezaban a moverse suavemente de un lado a otro, extendiéndose cada vez más.

De pronto, el gigante se lanzó al ataque. Dio un salto enorme y blandió la red a través de la niebla con un amplio movimiento del brazo.

—¡Lo tengo! —gritó—. ¡Un tarro, pronto, un tarro!

Sofía lo cogió y se lo tendió. Bonachón bajó el cazasueño y, con suma precaución, hizo caer dentro del recipiente algo totalmente invisible. Luego dejó la red y cubrió el bote con una mano.

—¡La tapadera! —murmuró—. ¡Dámela en seguida!

Sofía obedeció. Al momento, la tapa fue enroscada y el tarro quedó bien cerrado. El GGB estaba muy excitado. Acercó el recipiente de vidrio a una de sus orejas y escuchó con esfuerzo.

—¡Es un sumiagradábilis…! —susurró con temblor en su voz—. ¡O no…! Todavía mejor… ¡Es un felicissimus doratus!

Sofía le miraba embobada.

—¡Cáspita! —exclamó Bonachón, sosteniendo el bote en el aire—. ¡Este sueño procurará una noche maravillosa al pequeñuelo que lo reciba!

—¿Tan bueno es? —preguntó la niña.

—¿*Bueno*, dices? —exclamó—. ¡Es un felicissimus doratus! Sólo muy raras veces se consigue.

Y tendiendo el tarro a Sofía, agregó:

—Pero ahora debes estar callada como una estrella de mar. *Sospencho* que hoy revolotea por aquí un *injambre* de felicissimus doratus. Procura no *rispirar* casi. ¡Haces demasiado ruido!

—¡Pero si no he movido ni un músculo! —musitó Sofía.

—¡Ni lo hagas! —dijo secamente el GGB.

De nuevo estaba tieso, muy tieso, con la cabeza erguida en medio de la niebla y la red a punto… Y se produjo otro gran silencio, una tensa espera, hasta que, de repente, el gigante dio un salto y la red surcó el aire con fuerte silbido.

—¡Otro tarro! —exclamó—. ¡Pronto, Sofía, pronto!

Cuando el segundo sueño estuvo bien encerrado en su recipiente, Bonachón se lo acercó al oído.

—¡Oh, no! —gimió—. ¡Qué mala suerte pulgosa! ¡Gorgojos del demonio!

—¿Qué ocurre? —preguntó la niña.

—¡Es un jorobanoches! —contestó el gigante con voz llena de disgusto—. ¡Que Dios nos *peroteja*! ¡Y nos salve de estos birribicharracos! ¡El diablo salta encima de mis dedipiesigordos!

—¿Qué dices? —quiso saber Sofía, al ver que el gigante estaba cada vez más furibundo.

—¡Malditos mis zarrapahuesos! —gritó, sacudiendo el tarro en el aire—. ¡Vengo a cazar sueños bonitos y dorados, y... ¿qué es lo que atrapo?

—¿Qué es lo que tienes en el bote? —repite Sofía.

—¡Un horrible jorobanoches! ¡Un sueño muy malo! ¡No, peor que un sueño malo! ¡Es una *pescadilla*!

—Una pesadilla, querrás decir —le corrigió Sofía—. ¡Qué mala suerte! ¿Qué vas a hacer con ella?

—Desde luego, no la dejaré escapar —dijo el GGB—. Si lo hiciera, algún pobre chiquillo podría pasar un rato temblihorripilante. Este sueño es un zurripastroso asustagentes. ¡Lo haré *explontar* tan pronto como lleguemos a casa!

—Las pesadillas son algo tremendo —dijo Sofía—. Una noche tuve una, y desperté bañada en sudor.

—Pues con ésta, te *dispirtarías* gritando —explicó el GGB—. El sueño que hay ahí dentro te pondría los dientes de punta, y te castañetearían los pelos y, por último, la sangre se te *cobrintiría* en *carambámbanos* de hielo, y tu piel acabaría arrastrándose por el suelo...

—¿Tan malo es?

—¡Peor! —gritó el GGB—. ¡Es una porcochambre basurosa! ¡Y un furris infernal! ¡Y un luciferinodemonche! ¡Las tres cosas a la vez! Pero yo *es* contento de tenerlo *incirrado*. ¡Ahí te quedas, mala bestia! —añadió indignado—. ¡Nunca más volverás a *fistidiar* a los pobrecitos niños de los guisantes humanos!

Sofía, que también miraba fijamente el tarro, exclamó de pronto:

—¡Lo veo! ¡Hay algo ahí dentro!

—¡Pues claro que lo hay, toma! Tienes delante un *ispantoso* jorobanoches.

—Sin embargo, tú me dijiste que los sueños eran invisibles.

—Son *imbesíbiles* hasta que los capturas —explicó el gigante—. Luego pierden un poco de esa *imbesibilidad*, o como se diga. Ahora, nosotros lo vemos muy bien.

Dentro del tarro, Sofía distinguió la forma tenuemente

escarlata de algo que parecía una mezcla entre una burbuja de gas y otra de jalea. Se movía de manera violenta, lanzándose contra las paredes del recipiente y cambiando constantemente de forma.

—¡Se arrastra de un lado a otro! —chilló Sofía—. ¡Trata de escapar! ¡Acabará por destrozarse a sí mismo!

—Cuanto peor es el sueño, más se enfurece una vez preso —dijo el GGB—. Pasa como con los animales salvajes. Si metes en una jaula a una fiera, armará una *baratunda* terrible. En cambio, un animal amable, como una *caracucatúa* o una *jarinfa*, permanece quieto. Pues con los sueños pasa lo mismo. Éste es una *pescadilla* endemoniada. ¡Mira, fíjate cómo se aplasta contra el *virdio*!

—La verdad es que da miedo —dijo Sofía.

—Me *urruciraría* que se me acercara en una noche *uscura* —comentó el GGB.

—¡Y a mí! —añadió Sofía.

El gigante empezó a guardar los botes en la maleta.

—¿Ya nos vamos? —preguntó la niña—. ¿No cazamos más sueños?

—Yo *es* tan asustado con ese furris porcochambroso y luciferidemonche, que no quiero continuar. Por hoy hemos acabado la caza de sueños.

Sofía volvió a hallarse pronto en el bolsillo del chaleco de Bonachón, y éste echó a correr lo más a prisa posible. Cuando por fin salieron de las espesas nieblas y se vieron de nuevo en el caluroso y amarillento desierto, todos los demás gigantes yacían esparcidos por el suelo, durmiendo como troncos.

UN JOROBANOCHES PARA TRAGACARNES

—CADA noche, siempre pestañean cincuenta veces, antes de levantarse y salir *dispaparados* en busca de guisantes humanos —explicó el GGB, al mismo tiempo que se detenía para que la niña pudiese ver mejor a los monstruos—. Los *gingantes* sólo duermen de vez en cuando —explicó—. No *discansan* tanto como los guisantes humanos. Los guisantes humanos tienen una *lucura* por dormir. ¿Nunca se te *encurrió* pensar que un guisante humano de cincuenta años se ha pasado durmiendo unos veinte de su vida?

—Nunca lo había pensado, la verdad —admitió Sofía.

—Pues *tindrías* que pensarlo —señaló Bonachón—. Imagínatelo. El guisante humano que dice tener cincuenta años, ha estado dormido durante veinte, y ni *quisiera* sabe dónde *es.* ¡Veinte años sin hacer nada! ¡Veinte años sin pensar!

—Desde luego, es curioso —dijo Sofía.

—¡*Ensactamente!* Por eso quiero hacerte ver que, cuando un guisante humano dice que tiene *cincuncuenta* años, en realidad sólo tiene treinta.

—¿Entonces, yo cuántos? —preguntó Sofía—. Pues tengo ocho.

—Tú ni siquiera ocho. Porque los bebés y los niños de los guisantes humanos pasan la *mintad* del tiempo durmiendo, conque tú no tienes más que cuatro años.

—Tengo ocho —replicó la niña.

—¡Eso te crees tú! —contestó el GGB—. Pero tú sólo has pasado cuatro años de tu vida con los ojos abiertos. De manera que tienes sólo cuatro, y deja ya de meterte conmigo. Una pitusona gurrumina de tu tamaño no debe andar *discuntiendo* con un viejo sabio y un poco *trastornudo* que te lleva cientos de años.

—¿Cuánto duermen los gigantes? —preguntó Sofía.

—No pierden mucho tiempo *runruncando.* Les basta con dos o tres horas al día.

—¿Y tú, cuándo duermes?

—Todavía menos —dijo el Gran Gigante Bonachón—. Yo *durmo* de... de higos a brevas.

Sofía, asomada a su bolsillo, examinó a los gigantes; dormidos aún resultaban más estrafalarios que despiertos. Despatarrados por la llanura amarilla, cubrían un área tan grande como un campo de fútbol. Casi todos yacían de espaldas y con la boca abierta, roncando como sirenas de niebla. Hacían un ruido horrible.

De pronto, el GGB dio un salto en el aire.

—¡Por las ranas de todas las charcas! —exclamó—. ¡Acabo de tener la idea más asombrosestripitosa!

—¿De qué se trata? —quiso saber la niña.

—¡Espera! —respondió el GGB—. Tú aguántate las plumas..., bueno, los pelos, y *sujéntate* la camisa al cuerpo. ¡Verás, verás lo que se me ha *ocunrido*!

Galopó como loco hasta su cueva, con Sofía agarrada al borde de su bolsillo, y apartó la roca. Se encontraba muy excitado y empezó a moverse por el interior de la vivienda.

—Tú no te muevas de mi *busillo*, ¿eh? Vamos a hacer una cosa muy *divirtida*...

Dejó a un lado el cazasueños, pero no la maleta. Corrió entonces al otro extremo de la cueva y agarró aquella especie de larguísima trompeta que Sofía le había visto emplear en el pueblo. Con la maleta en una mano y la trompeta en la otra, Bonachón salió al exterior.

«¿Qué se propondrá hacer?», se preguntaba Sofía.

—Si estás atenta, verás algo realmente *istraordinario* —le susurró su gran amigo.

Bonachón aminoró el paso cuando estuvo cerca de los gigantes dormidos. Ahora avanzaba con cuidado y de puntillas. Los horribles monstruos seguían con sus ronquidos feroces. Eran repulsivos, asquerosos y diabólicos. El GGB dio la vuelta, muy despacio, y pasó junto a Buche de Ogro, a Sanguinario, a Escurrepicadillo y a Mascaniños. Por fin alcanzó a Tragacarnes. Indicó su corpachón con el dedo, miró a Sofía y le hizo una señal.

Arrodillado luego en el suelo, abrió la maleta sin hacer ruido, y extrajo el bote que contenía la horrible pesadilla.

Sofía comprendió entonces lo que se proponía.

«¡Huuuy!», se dijo. Eso podía resultar, pero era muy peligroso, de manera que se escondió aún más en el bolsillo. Sólo le salían los ojos y la parte de arriba de la cabeza. Y si algo iba mal, se ocultaría por completo.

Se hallaban a unos tres metros de distancia de la carota de Tragacarnes. El estruendo que los ronquidos del gigante causaban, era aterrador. De vez en cuando se formaba una gran burbuja de saliva entre sus labios abiertos, y luego estallaba mojándole toda la cara.

El GGB desenroscó la tapa del tarro con infinita precaución e hizo caer dentro del extremo ancho de su trompeta al endemoniado sueño de un ligero color escarlata. A continuación se llevó el instrumento a la boca, enfocándolo directamente hacia el rostro de Tragacarnes. Respiró con fuerza, hinchó las mejillas y... ¡buf! Había soplado.

Sofía vio algo rojizo que salía disparado hacia el gigante... ¡y desaparecía! Seguramente habría sido absorbido por las narizotas de Tragacarnes, pero todo sucedió tan de prisa, que la niña no estaba segura.

—Será mejor que nos alejemos a patalarga hacia algún sitio protegido —murmuró el Gran Gigante Bonachón, y partió trotando hasta unos cien metros más allá, donde se acurrucó muy pegado al suelo—. Aquí esperaremos a que estalle la *rivolución*.

No necesitaron esperar mucho.

En un abrir y cerrar de ojos, el aire fue perforado por el bramido más horrible que Sofía se pudo imaginar, y la niña vio cómo el cuerpo de Tragacarnes se levantaba en todos sus dieciocho metros de altura y volvía a caer con un fragor sordo. Apenas de nuevo en el suelo, el gigantón comenzó a retorcerse y contraerse y dar botes de la forma más violenta. Aquello daba miedo de ver.

—¡Aaay! —bramaba Tragacarnes—. ¡Huuuy! ¡Oooh...!

—Aún duerme —susurró Bonachón—. La terrible *pescadilla* del jorobanoches no ha hecho más que *empizar*.

—¡Lo tiene bien merecido! —dijo Sofía.

No le era nada simpático aquel espantoso monstruo que devoraba a los niños como si fueran terrones de azúcar.

—¡Socorrooo...! —chilló ahora el coloso, revolviéndose como loco—. ¡Me persigue! ¡Que me atrapa...!

Los movimientos de sus brazos y piernas eran más bruscos a cada instante. Resultaba escalofriante contemplar cómo un bruto tan fenomenal era presa de semejantes convulsiones.

—¡Es Jack! —jadeaba Tragacarnes—. ¡Es el horrendo y maldito Jack! ¡Quiere a... arrancarme todos los mi...

miembros! ¡Me clava su estaca...! ¡Jack me va a despapa-pachurrar...!

Tragacarnes se retorcía por el suelo como una colosal serpiente torturada.

—¡No, Jack...! —aullaba—. ¡No me hagas daño...!

—¿Quién es ese Jack que le da tanto miedo? —murmuró Sofía.

—Jack es el único guisante humano que asusta a los *gingantes* —explicó Bonachón—. Todos le temen de una manera *tirrible*. Todos han oído *dicir* que Jack es un famoso cazador de *gingantes*.

—¡Socorrooo...! —volvió a gritar Tragacarnes—. ¡Ten compasión de este pobre gigantito...! ¡Aaay..., que Jack se acerca a mí con su terrible estaca...!

—La verdad es que nosotros, los *gingantes,* no sabemos mucho acerca de ese guisante humano tan temido llamado Jack —susurró el GGB de cara a Sofía—. Sólo hemos oído contar que es un famoso matador de *gingantes* y que tiene una cosa llamada estaca. Esa estaca parece algo horrible, que Jack emplea para matar *gingantes.*

Sofía no pudo contener una sonrisa.

—¿A qué viene ahora esa *grigrisita*? —preguntó el GGB, picado.

—Ya te lo contaré más tarde —dijo la niña.

La infernal pesadilla se había apoderado de tal modo del monstruo, que ahora hacía nudos con su propio cuerpo.

—¡No, no, Jack! —rugía—. ¡Si yo no te iba a comer, Jack! ¡Yo nunca como guisantes humanos! ¡Te juro que nunca, en toda mi vida de gigante, he devorado a un guisante humano...!

—¡Mentiroso! —murmuró el GGB.

En aquel momento, uno de los agitados puños de Tragacarnes fue a darle en la boca al gigante Escurrepicadillo, que dormía como una piedra. Y a la vez, una de sus piernas, tan furiosamente inquietas, se clavó en la barriga del gigante Buche de Ogro, que roncaba como una fiera. Los dos gigantes golpeados despertaron y se pusieron en pie de un salto.

—¡Me ha pegado en plena boca! —aulló Escurrepicadillo.

—¡Pues a mí me ha apuñeteado en la barriga! —tronó Buche de Ogro.

En consecuencia, los dos se arrojaron contra Tragacarnes y se pusieron a golpearle con puños y pies.

El maltrecho Tragacarnes despertó en el acto. Pasó de una pesadilla a otra.

Se lanzó a la batalla con un rugido espantoso, y en la imponente pelea que siguió, un gigante tras otro fue recibiendo golpes y puñetazos. Así, los nueve colosos no tardaron en verse enzarzados en una lucha de mil diablos. Todo eran puntapiés y tortazos y arañazos. Cada cual causaba todo el daño posible al otro. Corría la sangre y se rompieron varias narices. Los dientes caían al suelo como pie-

dras de granizo. Los gigantes rugían y gritaban y renegaban, y durante un buen rato, el estruendo de la pelea retumbó en toda la llanura amarilla.

El GGB sonreía la mar de satisfecho.

—Yo me alegro de que se hayan liado en esa *renfuriega* —dijo.

—¡Se van a matar unos a otros! —exclamó Sofía.

—¡Nooo! —contestó el GGB—. Esas bestias siempre se están arreando trompadas y moquetes. Pronto será *uscuro* y, entonces, saldrán al galope en busca de su *manducaturria.*

—Son brutos y malos y puercos —dijo la niña—. ¡Les odio!

Cuando el GGB inició el regreso a la cueva, le susurró a su amiguita:

—Aprovechamos bien la *pescadilla,* ¿no?

—Estupendamente —asintió Sofía—. Lo hiciste muy bien.

SUEÑOS

E L Gran Gigante Bonachón estaba sentado a la enorme mesa de su cueva, ocupado en sus quehaceres.

Sofía permanecía sentada sobre la tabla, muy cerca de él, observándole.

Entre los dos se encontraba el bote de vidrio que contenía el único sueño bueno que habían logrado cazar.

Con gran paciencia y cuidado, Bonachón escribía algo en un trozo de papel. El lápiz que utilizaba era descomunal.

—¿Qué escribes? —preguntó Sofía.

—Cada sueño lleva una *equiteta* especial en su tarro —explicó el GGB—. ¿Cómo los encontraría, si no, cuando *nesecito* uno con prisa?

—¿Es posible que, con sólo escuchar, sepas de qué clase de sueño se trata?

—¡Pues claro que lo sé!

—¿Cómo? ¿Quizá por el modo en que zumba o susurra?

—¡Eso, más o menos! —contestó el Gran Gigante Bonachón—. Cada sueño hace un ruidito diferente. Como una *múquisa.* Y estas orejas mías, tan *trapigrandosas,* me ayudan a entender la *múquisa.*

—Al decir música, ¿te refieres a tonadillas?

—¡No, nada de *tontadillas*!

—Entonces, ¿a qué te refieres?

—Los guisantes humanos tienen su propia *múquisa* o música, ¿no es cierto?

—Sí —asintió Sofía—. Muchísima música.

—Y, a veces, los guisantes humanos sienten emoción al escuchar grandes *múquisas*. Les hacen sentir *escaleras frías* en el espinazo. ¿Verdad, o no?

—Es verdad —respondió Sofía.

—Así, la *múquisa* les dice algo. Les envía un mensaje. Yo no creo que los guisantes humanos sepan lo que *singuifica* ese mensaje, pero de todas formas les gusta.

—Sí, más o menos...

—Gracias a mis orejas moviplaneadoras —continuó el GGB—, yo no sólo oigo la *múquisa* que hacen los sueños, sino que también la entiendo.

—¿La *entiendes?* —repitió Sofía.

—La leo —dijo el GGB—. La *múquisa* me habla. Es como un *luengaje*.

—Eso cuesta un poco de creer —confesó la niña.

—Seguro que también te cuesta creer en los *estitarrestres* —señaló el GGB— y en sus visitas desde las estrellas.

—¡Desde luego que no me creo todo eso! —declaró Sofía.

El Gran Gigante Bonachón la miró seriamente con sus grandes ojos.

—Espero que me perdones —dijo— si te digo que los guisantes humanos piensan que *es* muy listas, pero no es así. Casi todas *es* unas pocacosas y unas *cernícalas*.

—¿Por qué?

—Lo que ocurre con los guisantes humanos, es que se niegan a creer lo que no ven delante de sus mismos hocicos. ¡Claro que *isisten* los *estitarrestres*! Yo los veo con *fecuencia,* y hasta hablo con ellos.

Con cierto desdén apartó sus ojos de Sofía y reanudó su trabajo. La niña se puso a leer lo que ya había escrito hasta entonces. Las letras eran grandotas y enérgicas, pero no estaban muy bien hechas. He aquí lo que decían:

Este sueño trata de cómo yo salvo a mi maestro de morir «augado». Salto al río desde un puente muy alto y arrastro a mi maestro hasta la orilla y le doy un beso «funal»...

—¿Un beso *qué?* —preguntó Sofía.

El GGB dejó de escribir y levantó la cabeza poco a poco. Sus ojos se posaron en la niña.

—Ya te dije otra vez —habló con calma— que yo nunca tuve *uncasión* de ir a la escuela. *Soy* lleno de faltas. Ya lo sé. Hago lo que puedo. Tú *es* una niña amable, pero recuerda que tampoco *es* una sabelotodo.

—Lo siento —se excusó la pequeña—. Tienes razón. Soy muy incorrecta, al corregirte tanto.

El GGB la miró durante un rato más, y luego volvió a bajar la cabeza para proseguir su tarea.

—Dime ahora sinceramente... —rogó Sofía—. Si tú me hubieses soplado ese sueño en mi dormitorio mientras yo dormía, ¿de veras habría soñado que salvaba a mi maestro de morir ahogado saltando desde el puente?

—Más que eso —contestó el GGB—. Muchas cosas más. Pero yo no puedo *garrumpatear* todo el *enridoso* sueño en un papelucho. Pero en el sueño hay más cosas.

El gigante dejó su lápiz y acercó una de sus enormes orejas al tarro de vidrio. Escuchó atentamente durante unos treinta segundos.

—¡Sí! —dijo, haciendo solemnes gestos de afirmación con la cara—. Este sueño continúa muy agradable, y tiene un final la mar de *felizoso*.

—¿Cómo termina? —quiso saber Sofía—. ¡Cuéntamelo!

—Soñarías que, a la mañana siguiente de salvar a tu maestro de morir ahogado en el río, llegabas a la escuela y veías a los quinientos alumnos sentados en el salón de actos, y allí estaban también todos los maestros, y el director se levantaba y decía: «¡Quiero que toda la escuela dé tres vivas en honor de Sofía, por ser tan valiente y haber salvado la vida a nuestro querido profesor de matemáticas, el señor Figgins, que cayó al río al ser empujado sin querer por nuestra profesora de gimnasia, la señorita Amelia Scott!» Y entonces, todo el colegio gritaba como loco y exclamaba «¡Bravo, bravo!», y a partir de ese momento, aunque tus sumas salieran todas *embrulladas* y como una enredadera, el señor Figgins siempre te daría la mejor nota y escribiría «¡Muy bien, Sofía!» en tu cuaderno. Luego llega el despertar...

—¡Me gusta ese sueño! —dijo Sofía.

—Claro —asintió el GGB—. Es un sumiagradábilis.

Lamió el dorso de la etiqueta y la pegó al tarro.

—*Geniralmente* pongo más que eso en las *equitetas* —agregó—, pero tú miras y me pones *nivrioso*.

—Me sentaré en otra parte —dijo Sofía.

—¡No te vayas! —advirtió el GGB—. *Onserva* el tarro con atención. Creo que podrás ver ese sueño.

La niña miró con gran atención y, en efecto, logró descubrir la fina silueta translúcida de algo que, más o menos, tenía el tamaño de un huevo de gallina. Era de un color verdemar muy pálido, suavemente nacarado, y resultaba muy bonito. Yacía en el fondo del tarro de vidrio, muy tranquilo, aunque su cuerpo alargado y gelatinoso latía de manera leve, como si respirara.

—¡Se mueve! —exclamó Sofía—. ¡Vive!

—¡Claro que vive!

—¿Y de qué se alimenta? —preguntó la niña.

—El sueño no *nesecita* alimentarse de nada —explicó el GGB.

—¡Pero eso no es justo! —opinó Sofía—. Todos los seres vivos necesitan algún tipo de alimento. Incluso los árboles y las plantas.

—El viento del norte también *es* vivo —señaló el gigante—, porque se mueve. Te toca en la mejilla y en las manos. *Ni simbargo,* nadie le da de comer.

Sofía calló. Aquel extraordinario gigante trastornaba todas sus ideas. Parecía conducirla hacia unos misterios que quedaban más allá de su comprensión.

—Un sueño no *nesecita* nada —repitió el GGB—. Si es bueno, aguarda con paciencia a que alguien le liberte, para poder realizar su tarea. Si es malo, no para la luchar para *espacar*.

El GGB se levantó y se dirigió a uno de los muchos estantes y colocó el tarro entre miles de otros.

—¿Puedo ver algún sueño distinto? —pidió Sofía.

El gigante vaciló.

—Nadie los ha visto nunca... Pero quizá te deje echarles una miradita.

Alzó a la niña y la sentó en la palma de una de sus

manazas. En cuanto estuvieron junto a las estanterías, Bonachón dijo:

—Aquí hay algunos de los sueños buenos. ¡Sumiagradábilis!

—¿Por qué no me acercas más, para que lea las etiquetas? —dijo Sofía.

—Mis *equitetas* sólo *isplican* parte del sueño. Normalmente, los sueños duran mucho más. Las *equitetas* me sirven tan sólo para hacer *mimorria*.

Sofía se puso a leer los textos. El primero le pareció bastante largo. Daba toda la vuelta al tarro, y para enterarse de lo que decía tuvo que ir girando el recipiente. En la etiqueta ponía esto:

Hoy «es» sentada en clase y descubro que, si miro fijamente y de manera «espicial» a mi maestra, puedo hacerla dormir. Entonces la miro y la miro hasta que, por fin, su cabeza cae sobre la mesa y ella ronca con «frueza». Entra en ese momento el director y grita: «"Dispierte", señorita Plummer! ¿Cómo se atreve a dormir en clase? ¡Tome su "SOMBER-GO" y el abrigo y lárguese de la escuela para siempre! ¡Queda "dispedida"!» Pero en un «sutiamén» le entra sueño también a él, y cae despacio al suelo como un «muntón» de gelatina, y allí se queda roncando todavía más fuerte que la señorita Plummer, hasta que oigo la voz de mi mamá que dice: «"Dispierta" que tu "dinsayuno" está listo.»

—¡Qué sueño tan divertido! —dijo Sofía.

—Es un campanillo —contestó el GGB—. Gracioso, ¿no?

Dentro del tarro, debajo mismo del borde de la etiqueta, la niña vio al sueño durmiendo tranquilamente en el fondo. Era del mismo color verdemar que el otro, quizá un poco mayor de tamaño, y su extraño cuerpo también latía.

—¿Hay sueños distintos para los niños y las niñas? —quiso saber Sofía.

—¡Naturalmente! —contestó el gigante—. Si doy el

sueño de una niña a un niño, aunque sea *divirtido*, el niño *dispirtaría* pensando: «¡Qué birria de sueño más *rindículo*!»

—Sí; de un niño lo creo —asintió Sofía.

—Mira: ¡todos estos tarros contienen sueños para niñas! —dijo el GGB.

—¿Puedo leer un sueño para niños?

—Claro que sí —respondió el GGB, y alzó a la pequeña hasta un estante más elevado. La etiqueta del tarro más próximo decía:

ME «ES» HACIENDO YO MISMO UN «USTUPENDO» PAR DE BOTAS VENTOSA, Y CUANDO ME LAS PONGO, PUEDO CAMINAR POR LAS PAREDES DE LA «CUCINA» Y CRUZAR EL TECHO, Y «DISCIENDO» POR EL OTRO LADO CUANDO LLEGA MI HERMANA MAYOR Y SE PONE A GRITAR: «¿QUÉ HACES AHÍ ANDANDO POR EL TECHO?», Y YO MIRO HACIA ABAJO Y «SUNRÍO» Y DIGO: «YA TE "AVIRTÍ" QUE ME HACÍAS TREPAR POR LAS PAREDES. ¡PUES, YA LO HAS LOGRADO!»

—Este sueño me parece un poco tonto —comentó Sofía.

—Los chicos no pensarían lo mismo —repuso el GGB con una sonrisa—. Es otro campanillo. Y por ahora creo que has visto bastante, ¿no?

—¡Déjame leer otro sueño para niños! —suplicó Sofía.

La etiqueta siguiente rezaba así:

EL «TELÍFONO» SUENA EN NUESTRA CASA Y MI PADRE COGE EL «UNRICULAR» Y DICE CON SU IMPORTANTE VOZ «TELIFÓNICA»: «HABLA SIMKINS.» LUEGO SU CARA SE PONE BLANCA Y LA VOZ SE HACE RARA Y LE OÍMOS DECIR: «¿QUÉ? ¿CÓMO?», Y LUEGO DICE: «SÍ, SEÑOR. LE "INTIENDO" PERO SEGURAMENTE QUIERE USTED HABLAR CONMIGO Y NO CON MI "IJO".» LA CARA DE MI PADRE PASA DEL BLANCO AL ROJO «USCURO» Y TRAGA «SALIBA» COMO SI «TUBIERA» EN LA «GRAGANTA» UN TROZO DE LANGOSTA PERO POR FIN DICE: «BIEN SEÑOR "AORA" DIRÉ QUE "BENGA".»

Y SE «VUELBE» «ACIA» MÍ Y DICE EN UN TONO MUY

«RESPECTUOSO»: «¿CONOCES AL PRESIDENTE DE LOS ESTADOS UNIDOS?» Y YO CONTESTO: «NO PERO "SUNPOGO" QUE "ABRÁ" OÍDO HABLAR DE MÍ.» ENTONCES «ABLO» LARGO Y TENDIDO CON EL PRESIDENTE Y DIGO COSAS COMO: «YO ME OCUPARÉ DE ESO, SEÑOR PRESIDENTE. USTED NO "ARÍA" MÁS QUE ENREDARLO TODO CON SU MANERA DE "HACTUAR".» Y A MI PADRE SE LE SALEN LOS "HOJOS" DE LAS ÓRBITAS Y ENTONCES ES CUANDO OIGO SU VOZ QUE DICE: «"LEBÁNTATE" GANDUL O "YEGARÁS" TARDE A LA ESCUELA.»

—¡Bah, los chicos están locos! —comentó Sofía—. Déjame leer este otro sueño.

YO «ES» TOMANDO UN BAÑO Y DESCUBRO QUE SI ME «APIETO» CON FUERZA LA BARRIGA SIENTO «HALGO» RARO Y DE PRONTO NO ESTÁN MIS BRAZOS NI MIS «PIELNAS» Y ES QUE ME HE «BUELTO» TODO «IMBISIBLE». YO «ES» TODAVÍA ALLÍ PERO NO PUEDO VERME. ASÍ, CUANDO ENTRA MI MAMÁ Y DICE: «DÓNDE ESTÁ ESE CRÍO, ESTABA AQUÍ "ACE" UN MINUTO Y "NOSE" PUEDE "ABER LABADO VIEN".»

Yo digo: «Aquí "es" y "eya" dice dónde.» Y yo digo: «Aquí.» Y ella pregunta dónde. Entonces grita Henry sal "ensegida" y cuando entra mi mamá y «es» bañándome solo y mi papá «be» que el jabón flota en el aire, pero desde luego no me «be» y grita: «¿Dónde estás chico?» Y yo digo: «Aquí.» Y él dice: «¿Dónde?» Y yo «buelbo» a decir: «¡Aquí!» Y él «buelbe» a decir: «¿Dónde?» Y él dice: «¡Mira el "javón" que flota solo en el aire!» Entonces me «apieto» otra «bez» la barriga y otra bez «es bisible». Mi papá no sale de su asombro y dice: «Eres el niño "imbisible".» Y yo digo: «Ahora me "boy" a "dibertir" mucho.» Así, cuando estoy fuera del «vaño» y me he secado y puesto la bata y las zapatillas «apieto» otra «bez» mi ombligo y «buelbo» a ser «imbisible» y bajo a la calle a dar un paseo. Yo soy «imbisible» pero no las cosas que «yevo» de manera que cuando la «jente be» una bata y unas zapatillas que andan solas todos «hempiezan» a gritar: «¡Un "fastasma", un "fastasma"!» Y la «jente» grita y «asta» los policías «hechan» a correr, pero lo mejor de todo es que «beo» a mi profesor de «áljebra» saliendo de un bar y me «hacerco» flotando a él y «ago»: «¡Buuu!» Y él suelta un grito de «orror» y se «buelbe» a meter en el bar y yo «dispierto» y soy más «filiz» que una peonza.

—¡Bah, ridículo! —dijo Sofía.

No obstante, no pudo resistir la tentación de apretarse su propio ombligo, para ver si daba resultado. Pero no sucedió nada.

—Los sueños *es* algo muy misterioso —explicó el GGB—. Los guisantes humanos no los *intienden* nunca. Ni *quisiera* los *prosefores* más sabios los *intienden*. ¿Has visto bastante?

—Sólo uno más —pidió Sofía encantada—. ¡Éste de aquí!

Y empezó a leer:

Yo «HI» ESCRITO UN LIBRO Y ES TAN «EMUCIANTE» QUE NADIE LO PUEDE DEJAR. EN CUANTO «AS» LEÍDO LA PRIMERA «LÍNIA» LO ENCUENTRAS TAN «ITIRINSANTE» QUE NO PUEDES PARAR «ASTA» LA ÚLTIMA «PÁNIJA». EN TODAS LAS «CIUDACES» LA «JENTE ANDA» CHOCANDO POR LAS CALLES PORQUE «BA» CON LA CARA «UNDIDA» EN MI LIBRO Y LOS «DESTINTAS» «ITENTAN» EMPASTAR LAS «MUHELAS» AL MISMO TIEMPO QUE «LEN» PERO NADIE «ACE» CASO PORQUE TODO EL MUNDO «LE» EN EL SILLÓN DEL «DESTINTA». LOS «AHUTOMOBILISTAS LEN» MIENTRAS CONDUCEN Y NO «AY» MÁS QUE CHOQUES EN EL PAÍS. LOS «CIJURANOS LEN» MIENTRAS OPERAN Y LOS PILOTOS «LEN» Y «YEVAN» EL «ABIÓN» A TOMBUCTÚ EN «BEZ» DE A LONDRES. LOS «FUBOLISTAS LEN» EL LIBRO MIENTRAS JUEGAN PORQUE NO LO PUEDEN DEJAR Y TAMBIÉN LOS «ATILETAS» OLÍMPICOS MIENTRAS CORREN. TODO EL MUNDO QUIERE SABER QUÉ PASARÁ EN MI LIBRO Y CUANDO «DISPIERTO» AÚN ME DURA LA «ISCITACIÓN» DE SER EL MEJOR «ISCRETOR» DEL MUNDO HASTA QUE «BIENE» MI MAMÁ Y DICE QUE HA «BISTO» MI CUADERNO DE «ESERCIJIOS» Y QUE MI «HORTOGRAFÍA» ES «DISASTROSA» Y QUE ASÍ SON MIS NOTAS.

—Bueno, ¡basta ya! —decide el GGB—. Hay *pillones* de sueños, pero a mí ya me duele el brazo de tanto sostenerte.

—¿Qué son aquellos otros tarros? —preguntó Sofía—. ¿Por qué tienen unas etiquetas tan pequeñas?

—Un día atrapé tantos sueños —dijo el GGB— que no tuve tiempo ni *energería* para escribir más. Pero eso ya basta para hacer *mimorria*.

—¿Puedo echarles una ojeada? —pidió Sofía.

El paciente Bonachón la llevó hasta donde estaban aquellos tarros. La niña leyó rápidamente todos los breves textos:

YO «ISCALO» EL MONTE «EVERÉS» SIN MÁS COMPAÑÍA QUE MI GATA.

YO «IMBENTO» UN COCHE QUE «BA» CON PASTA «DENTRÍFICA».

YO «ES» CAPAZ DE ENCENDER Y APAGAR LA LUZ «ELEC-TRICICA» CON SÓLO DESEARLO.

YO «ES» SÓLO UN NIÑO DE OCHO AÑOS PERO YA TENGO UNA «ERMOSA» BARBA Y TODOS LOS DEMÁS NIÑOS ME «EM-BIDIAN».

YO PUEDO SALTAR DESDE «CUALAQUIERA BENTANA» MUY ALTA Y FLOTAR SIN QUE ME PASE NADA.

Y<small>O TENGO UNA</small> «<small>HABEJA</small>» <small>QUE HACE</small> «<small>MÚQUISA</small>» <small>DE</small> R<small>OCK AND ROLL CUANDO</small> «<small>BUELA</small>».

—Lo que me sorprende —dijo Sofía—, es que tú aprendieras a escribir.

—Ya me *istrañaba* que no me lo hubieses preguntado antes —contestó el GGB.

—Teniendo en cuenta que nunca fuiste a la escuela, encuentro que lo haces estupendamente. ¿Cómo aprendiste?

El gigante cruzó la cueva y abrió una puertecilla secreta que había en la pared. De allí sacó un libro, muy viejo y estropeado. Para un ser humano era un libro de tamaño corriente, pero en su manaza enorme parecía un sello de correos.

—Una noche —explicó— *imbiaba* un sueño a una habitación y vi este libro en la mesita de noche… ¡Lo deseaba tanto…! Pero no se lo podía robar al niño, claro. Eso no lo haría *jumás*.

—Entonces, ¿cómo lo conseguiste? —quiso saber Sofía.

—Lo tomé prestado —confesó el GGB, con una sonrisita—. Lo tomé prestado por una *timpuradita*.

—¿Y cuánto tiempo hace que lo tienes?

—Sólo unos ochenta años, *quinzá* —respondió el GGB—. Pronto lo devolveré.

—¿Y así es como aprendiste a escribir? —inquirió la niña.

—Lo he leído *centinares* de veces —dijo el gigante—. Y todavía lo leo y me *inseño* nuevas palabras y cómo se escriben. Es la historia más *superinteresunte*.

Sofía cogió el libro y leyó en voz alta:

—*Nicolás Nickleby.*

—Sí, de Dalas Chickens —dijo el GGB.

—¿De *quién?* —exclamó Sofía, alarmada.

Pero en aquel mismo instante se oyó un tremendo galopar a cierta distancia de la cueva.

—¿Qué es eso? —gritó la niña.

—Los *gingantes,* que salen como filiflechas hacia otros países, para devorar guisantes humanos —dijo el GGB.

Sin pérdida de tiempo se metió a la niña en el bolsillo del chaleco, corrió a la entrada de la cueva y apartó la piedra.

Sofía, bien escondida, vio pasar como fieras a los espantosos monstruos.

—¿Adónde vais esta noche? —voceó el GGB.

—Todos vamos de una galopada a Inglaterra —contestó Tragacarnes sin detenerse—. Inglaterra es un país *apetintoso,* y pensamos cenarnos a unos cuantos críos ingleses.

—¡Yo sé dónde hay una risicasa para niñas, y me pienso atracar como un gargantugábalo!

—¡Pues yo sé de un colegio para niños! —bramó el gigante Buche de Ogro—. ¡Sólo tengo que meter la zarpa y coger un montón! Los niños ingleses tienen un gusto muy saputitoso.

Al cabo de un par de segundos, los nueve gigantes habían desaparecido de su vista.

—¿Qué quiso decir? —preguntó Sofía, asomando la nariz del bolsillo—. ¿Qué es una risicasa para niñas?

—¡Ah, es una escuela para niñas! —explicó el GGB—. Se las tragará a puñados.

—¡Oh, no! —chilló Sofía, horrorizada.

—Y también a los niños de otra escuela.

—¡No podemos permitir que eso pase! —exclamó Sofía, aterrada—. ¡Hay que impedirlo! ¿Cómo vamos a quedarnos aquí, sin hacer nada?

—Es que nada podemos hacer —contestó el GGB—. Somos tan *impontentes* como *pulluelos recinacidos.*

El gigante tomó asiento en una gran roca azul que había cerca de la entrada de su cueva, sacó a Sofía del bolsillo y la colocó a su lado, encima de la piedra.

—Ahora puedes *ser trunquila* aquí fuera, hasta que ellos vuelvan —dijo.

El sol se había sumergido en el horizonte, y la oscuridad lo envolvía todo.

EL GRAN PLAN

—¡Hemos de impedirles realizar su horrible propósito! —gritó Sofía—. Ponme otra vez en tu bolsillo, les perseguiremos y, además, advertiremos a los ingleses de su llegada.

—¡*Rindículo* e *imposilíbile*! —declaró el GGB—. *Es* dos veces más veloces que yo, y habrán terminado su *tragulamiento* antes de que nosotros estemos a medio camino.

—¡Pero no podemos permanecer aquí, sin intentar nada! —se lamentó la niña entre sollozos—. ¿Cuántos niños y niñas van a ser devorados esta noche?

—Muchos —admitió Bonachón—. El Tragacarnes, sin más, tienen un hambre *glotogruélico*.

—¿Y sacará a los pobres niños de sus camas, mientras duermen?

—¡Como *quisantes* de un tarro!

—¡No puedo ni pensar en ello! —lloró Sofía.

—Pues no *pinses* —contestó el GGB—. Hace años y años que me siento en esta roca cada noche, cuando los *gingantes* se han ido al galope, y me dan mucha pena todos los guisantes humanos que van a engurrar. Pero tuve que *acostumbrunarme*, porque no puedo hacer nada. Si yo no fuera un *gingante birrio* y *enanoso* de sólo ocho metros de altura, *porcuraría* detenerles, pero con eso no puedo ni soñar.

—¿Siempre sabes a dónde van? —preguntó Sofía.

—Siempre. Cada noche me lo anuncian a gritos, cuando pasan tronando. El otro día gritaban: «¡Nos vamos a engullir a la señorita Sippi y a la señorita Souri...!»

—¡Horrible! —exclamó Sofía—. ¡Los odio!

La niña y el gigante permanecieron en silencio, uno junto a otro, en aquella roca azul que ya apenas se distinguía de la negrura general. Sofía nunca se había sentido tan impotente en toda su vida. Al cabo de un rato, se levantó y gritó con fuerza:

—¡No lo soporto! ¿Cómo no pensar en todos esos po-

bres niños que morirán devorados dentro de pocas horas? ¡Imposible seguir aquí sin hacer nada! ¡Tenemos el deber de perseguir a esos monstruos!

—No —dijo el GGB.

—¡Sí! —insistió Sofía—. ¿Por qué no quieres ir?

El Gran Gigante Bonachón suspiró y movió la cabeza con gesto negativo.

—¡Ya te lo he dicho cinco o seis veces! —gruñó—. ¡Y la tercera será la *úlmita*! ¡Yo no quiero que me vean los guisantes humanos!

—¿Por qué?

—Si me vieran, me meterían en un zoo con todas esas *janrifas* y los *patotomos*.

—¡Bobadas! —protestó Sofía.

—Y a *ti* te mandarían directamente al *onfarnato* —prosiguió el GGB—. Los guisantes humanos adultos no tienen fama de ser muy *amábibles*. Todos *es* unos *enridonos* y *pirtinciosos*.

—¡Eso no es cierto! —chilló la niña, indignada—. ¡Hay personas mayores muy amables!

—¿Quién lo es? ¡Nómbrame una!

—La reina de Inglaterra, por ejemplo —dijo Sofía—. ¡No puedes decir de ella que sea enredona ni pretenciosa!

—No sé...

—¡Ni puedes llamarla *pocacosa* ni todas esas palabras que tanto te gustan a ti! —agregó Sofía, cada vez más furiosa.

—Hace tiempo que Tragacarnes desea engullirla —dijo el GGB, ahora con una risita.

—¡¿A la reina?! —exclamó la niña, estupefacta.

—Sí. Tragacarnes dice que nunca probó una reina y que *quinzá* tenga un gusto muy supercaldisustancioso.

—¡Qué desvergüenza!

—Pero Tragacarnes dice que hay demasiados soldados *anridedor* del palacio, y que no se atreve.

—¡Más vale así!

—También dice que le gustaría zamparse a uno de los soldados con su *muñiforme* rojo tan bonito, pero tiene miedo de que ese gorro negro y peludo se le *antrangantara* después.

—Espero que sea una broma —refunfuñó Sofía.

—Tragacarnes es un *gingante* muy prudente —dijo el GGB.

La niña guardó silencio durante unos momentos, pero luego gritó con voz llena de excitación:

—¡Ya la tengo! ¡Sí, creo que ya la tengo!

—¿Qué diantre tienes? —preguntó el Gran Gigante Bonachón.

—¡La solución! —exclamó Sofía—. ¡Iremos a ver a la reina! ¡Es una idea colosal! Si yo voy a ver a la reina y le cuento lo de esos espantosos gigantes antropófagos, estoy segura de que hará algo...

El GGB la miró con tristeza y sacudió la cabeza.

—No te creería —dijo—. ¡Ni por milagro!

—¡Pues yo pienso que sí!

—No, hija. Suena tanto a fábula, que la reina reiría y diría: «¡Qué montón de *dispurates*!»

—No haría eso.

—¡Claro que sí! —afirmó el GGB—. Ya te dije varias veces que los guisantes humanos no creen en los *gingantes*.

—Entonces tenemos que buscar el modo de que lo crea —respondió Sofía con gran decisión.

—¿Y cómo piensas entrar a ver a la reina?

—¡Un segundo! —dijo la niña—. Espera un segundo, porque tengo otra idea.

—Tus ideas son como *racunicuajos*.

—¡No ésta! —protestó Sofía—. Tú dices que si le contáramos a la reina lo que sucede, no nos creería...

—¡Claro que no!

—Bien... ¡Pero es que no le vamos a decir nada! No nos hace falta. ¡Simplemente, le haremos soñar lo de los gigantes!

—¡Eso es todavía más rebusquirrebuscado! —señaló el GGB—. Soñar puede ser muy *divirtido,* pero nadie cree en los sueños. Tú sólo crees en un sueño mientras lo estás soñando, pero muchas veces, cuando *dispiertas,* dices: «¡Ay, qué suerte que sólo fue un sueño!»

—Tú no te preocupes por eso —contestó Sofía—. Yo me encargaré de que salga bien.

—¿Tú? ¡Ja, imposible! —aseguró el gigante.

—¡Yo lo lograré! ¡Ya verás cómo puedo! Pero ante todo, debo hacerte una pregunta muy importante. ¿Es verdad que puedes hacer soñar cualquier cosa a cualquier persona?

—Lo que tú quieras —declaró el GGB con orgullo.

—Si yo te dijera que desearía soñar que vuelo en una bañera de alas de plata, ¿podrías hacérmelo soñar?

—Podría, sí.

—¿Cómo? Porque tú no tendrás exactamente ese sueño en tu colección.

—No —dijo el GGB—, pero puedo hacer una mezcla.

—¿Cómo?

—Es como hacer la mezcla para un pastel —explicó el GGB—. Si pones la cantidad necesaria de todos los *ingerdientes,* te saldrá el pastel que quieras: dulce, *esponjoroso,* con pasas, navideño o veranoso... Pues con los sueños sucede lo mismo.

—Sigue —dijo Sofía.

—Yo tengo *pillones* de sueños en mis estanterías. ¿Sí o no?

—Sí —asintió la niña.

—Tengo muchos sueños en que salen bañeras. Y sueños de alas de plata. Tengo sueños de vuelos. Así que todo lo que tengo que hacer es mezclar bien los sueños, y pronto tendré el de la bañera con alas de plata.

—Ya veo lo que quieres decir —contestó Sofía—. No sabía que pudieras mezclar unos sueños con otros.

—A los sueños les gustan las mezclas —aclaró el gran gigante Bonachón—. Se sienten muy solos en sus botes de vidrio.

—Bien... —dijo la niña—. ¿Tienes algún sueño relacionado con la reina de Inglaterra?

—¡Huy, montones!

—Y... ¿sueños en que salgan gigantes?

—¡Naturalmente!

—¿Y sueños en que salgan gigantes que se comen a las personas?

—¡A porradas!

—¿Y sueños con niñas como yo?

—¡Ése es el sueño más corriente, chiquilla! —exclamó

el GGB—. Tengo tarros y tarros con sueños en que intervienen niñas pequeñas.

—Y... ¿podrías preparar la mezcla que yo te pidiese? —quiso saber Sofía, cada vez más excitada.

—¡Desde luego que sí! —prometió Bonachón—. Pero... ¿de qué nos serviría? Es de suponer que estás muy *evicocada*.

—¡Escucha! —insistió Sofía—. Presta mucha atención. Quiero una mezcla de sueños que tú introducirás en el dormitorio de la reina de Inglaterra cuando ella duerma. ¡Y ésa será la solución!

—¡Ahora *escuncha* tú, pequeñaja! —dijo el GGB—. ¿Cómo podría acercarme al dormitorio de la reina de Inglaterra para introducir mi sueño? ¡Dices muchas *torrontonterías*!

—Te lo explicaré más tarde —susurró Sofía—. De momento, escúchame bien. El sueño que quiero, es éste... ¿Me escuchas?

—Sí —gruñó el gigante.

—Quiero que la reina sueñe que nueve horribles gigantes, cada uno de quince o dieciocho metros de altura, galopan a Inglaterra de noche. También tiene que soñar sus nombres. ¿Cómo eran esos nombres, que no lo recuerdo bien?

—Tragacarnes —empezó el GGB—. Quebrantahombres. Ronchahuesos. Mascaniños. Escurrepicadillo. Buche de Ogro. Aplastamocosos. Sanguinario. Y Devorador.

—Haz que la reina sueñe todos esos nombres —dijo Sofía—. Y que sueñe, también, que penetran en Inglaterra en plena hora mágica para arrancar de sus camas a muchos niños y niñas. En su sueño debe ver cómo los endemoniados gigantes meten la mano en los dormitorios, sacan a los pobrecitos de sus camas, y... —Sofía hizo una pausa—. ¿Se los comen en el acto, o se los llevan primero a alguna parte?

—Por regla general se los echan a la boca como si fueran palomitas de maíz.

—¡Pues pon también eso en el sueño! —recomendó Sofía—. Y luego, luego... ¡Ya lo tengo! El sueño ha de explicar lo hartos que están de tanto comer, y que después regresan galopando al País de los Gigantes, donde nadie puede descubrirles.

—¿Eso es todo? —preguntó el GGB.

—¡No! Hay que hacer saber a la reina, a través del sueño, que existe un gran gigante Bondadoso capaz de decirle dónde viven todos esos monstruos, para que pueda enviar a sus ejércitos para que los capturen de una vez para siempre. Y una última cosa, muy importante: hazla soñar que, en el antepecho de su ventana, hay una niña llamada Sofía, que le dirá dónde está escondido el Gran Gigante Bonachón.

—¿Y dónde se esconde? —inquirió el GGB.

—A eso llegaremos más tarde —contestó Sofía—. Hemos quedado en que la reina tendrá ese sueño, ¿no?

—Sí —asintió el gigante.

—Cuando despierte, lo primero que dirá será: «¡Oh, qué sueño tan horrible! Me alegro de que sólo fuera un sueño.» Pero entonces levantará la cabeza de la almohada y... ¿qué verá?

—¿Qué verá? —preguntó el GGB.

—¡Verá una niña pequeña llamada Sofía, sentada en el antepecho de su ventana! ¡Una niña de carne y hueso!

—¿Y cómo te las arreglarás para sentarte en el *ampitecho* de la ventana de la reina? —inquirió Bonachón.

—Tú me pondrás allí —dijo Sofía—. Y eso es lo más bonito de todo. Si una persona *sueña* que en el antepecho de su ventana hay sentada una niña, y cuando despierta ve que, realmente, la niña está allí, el sueño se ha hecho realidad. ¿O no?

—Empiezo a ver por dónde vas —contestó el GGB—. Si la reina sabe que esa parte del sueño es verdad, *quinzá* también crea que el resto lo es.

—¡Exactamente! Y a mí me tocará convencerla de eso —indicó Sofía.

—¿Dices que quieres que el sueño le *isplique* que hay un Gran Gigante Bonachón que también desea hablar con ella?

—¡Desde luego! ¡Así tiene que ser! —declaró Sofía—. Eres el único que puede explicarle dónde encontrar a los demás gigantes.

—¿Y cómo veo yo a la reina? —preguntó el GGB—. ¡No quiero que sus soldados me maten!

—Los soldados sólo están delante del palacio —dijo la niña—. Detrás hay un gran jardín, y allí no hay soldados. El jardín está rodeado por una pared muy alta, con espigones, para que la gente no pueda entrar. Pero para ti no es problema. Pasas por encima, y ya está.

—¿Cómo sabes tantas cosas del palacio de la reina?

—El año pasado estuve en un orfanato distinto —le explicó Sofía—. Pertenecía a Londres y nos llevaban mucho de paseo por allí.

—¿Me ayudarás a encontrar el palacio? —preguntó el GGB—. Nunca me atreví a recorrer Londres a *huntardillas*.

—Yo te mostraré el camino —dijo Sofía, resuelta.

—A mí me da miedo Londres —murmuró el GGB.

—¡No te asustes! —le tranquilizó Sofía—. Está lleno de callejuelas oscuras, y en la hora mágica hay muy poca gente fuera de casa.

El gigante tomó a Sofía entre el dedo índice y el pulgar y la colocó con mucho cuidado en la palma de la otra mano.

—¿Es muy grande ese palacio? —quiso saber.

—Enorme—respondió la niña.

—Entonces... ¿cómo encontraremos el dormitorio de la reina?

—¡Ah, eso es cosa tuya! —replicó Sofía—. El experto eres tú, ¿no?

—Y tú... ¿*es* segura de que la reina no me meterá en el zoo con todos los *patatomos*?

—¡Claro que no! —declaró Sofía—. ¡Serás un héroe! Y nunca tendrás que volver a comer pepinásperos.

La niña vio que el gigante abría mucho los ojos y se lamía los labios.

—¿Hablas en serio? —balbució el GGB—. ¿De veras no tendré que comer más esos *ascurosos* pepinásperos?

—Aunque quisieras, no lo encontrarías —dijo la niña—, porque los humanos no los cultivan.

Eso fue decisivo para el Gran Gigante Bonachón, que se levantó en seguida.

—¿Cuándo quieres que mezcle ese *istraño* sueño? —preguntó.

—¡Ahora mismo! —contestó Sofía.

—¿Cuándo vamos a ver a la reina?

—Esta noche —dijo la pequeña—. Tan pronto como tengas preparado el sueño.

—¿Esta noche? —se alarmó el GGB—. ¿Por qué tanta piripiprisisa?

—Si hoy ya no llegamos a tiempo para salvar a los niños, podremos evitar, al menos, que otros sean devorados mañana —contestó Sofía—. Además, yo estoy muerta de hambre. No he comido nada desde hace veinticuatro horas.

—Entonces más vale que *curramos* —decidió el GGB, y entró a toda prisa en la cueva.

Sofía le dio un beso en la punta del pulgar.

—Sabía que lo harías —dijo—. ¡No perdamos ni un minuto!

LA PREPARACIÓN DEL SUEÑO

Estaba totalmente oscuro. El GGB, con Sofía sentada en su manaza, encendió aquellas cegadoras luces que no parecían salir de ninguna parte.

Dejó a la niña encima de la mesa y dijo:

—¡Ahora estáte quieta y no *mentirrumpas*! *Nesecito* escuchar en silencio, si he de mezclar un sueño tan *enrevesincumplicado*.

A continuación tomó un enorme tarro vacío, que tenía el tamaño de una lavadora. Se lo apretó contra el pecho y corrió hacia las estanterías donde estaban los miles y miles de botes que contenían los sueños capturados.

—Sueños de *gingantes* —murmuraba el GGB mientras repasaba las etiquetas—. Los *gingantes* se comen a los guisantes humanos... ¡No, eso no! Ni este otro tampoco... ¡Aquí hay uno!

Iba tomando los tarros y desenroscaba sus tapaderas.

Echaba los sueños en el enorme recipiente que mantenía agarrado, y Sofía los veía caer dentro como pequeñas burbujas de color verdemar.

De pronto, el GGB se dirigió a toda prisa a otro estante.

—Ahora *nesecito* sueños en que salgan risicasas de niñas y peleonerías de niños...

Se le veía muy atento a lo que hacía. A Sofía le parecía ver cómo bullía en él la excitación, mientras se movía de un lado a otro entre sus queridos tarros. En aquellas estanterías habría unos cincuenta mil sueños, por lo menos, pero el gigante sabía, evidentemente, dónde se encontraba cada uno.

—Sueños de niñas pequeñas... —susurró—. Y sueños que traten de mí... ¡Anda, Bonachón, *espambílate*! ¿Dónde demonios están esos otros...?

Y siguió así. Al cabo de media hora, el GGB había encontrado todos los sueños que buscaba, y los había metido en el tarro enorme. Cuando lo dejó sobre la mesa, Sofía lo estudió con detención, pero no dijo nada. Dentro del gran recipiente, acurrucadas en el fondo, se veían claramente unas cincuenta de aquellas formas ovaladas y gelatinosas, de un color verdemar. Todas latían suavemente, y unas yacían encima de otras, pero cada una constituía un sueño aparte e individual.

—Ahora mezclaremos los sueños —anunció el GGB.

Fue al armario donde guardaba sus botellas de gasipum, y de él extrajo un batidor de huevos gigantesco. Era uno de esos que tiene un mango al que se da vueltas, y en la parte baja tiene unas hojas dispuestas unas sobre otras que giran y producen un zumbido.

El GGB introdujo el extremo interior del aparato en el descomunal tarro, donde se hallaban los sueños.

—¡Mira! —dijo.

E hizo girar rápidamente el mango.

En el interior del recipiente se produjeron explosiones verdes y azules. Los sueños fueron revueltos hasta formar una bonita espuma verdemar.

—¡Pobrecillos! —comentó Sofía.

—Nada de eso —respondió el GGB—. Ni lo notan. Los

sueños no *es* como los guisantes humanos o los animales. No tienen seso. Están hechos de susimusss...

Al cabo de un minuto, más o menos, el gigante dejó de batir. El recipiente estaba lleno hasta el borde de grandes burbujas. Eran casi iguales que las pompas de jabón, con la diferencia de que aquéllas resultaban todavía más brillantes y en la superficie flotaban unos colores aún más bellos.

—Sigue atenta —advirtió el GGB.

Poco a poco, la burbuja que estaba arriba de todo escapó por el cuello del tarro y se alejó volando. Le siguió otra. Luego salieron una tercera y una cuarta. Pronto, toda la cueva estuvo llena de centenares de burbujas de preciosos colores, que se deslizaban suavemente por el aire. Era maravilloso verlo. Sofía observó que aquellas incontables burbujas flotaban en dirección a la entrada de la puerta, aún abierta.

—¡Se van a escapar! —susurró Sofía.

—¡Naturalmente! —dijo el GGB.

—¿Adónde quieren ir?

—*Es* las partículas de sueños que no me hacen falta —explicó el GGB—. *Rengresan* a aquel mundo de nieblas para reunirse con sueños adecuados.

—Eso queda más allá de mi comprensión —confesó la niña.

—Los sueños *es* llenos de misterio y magia —explicó el gigante—. No trates de *intenderlos*. Echa una mirada a la botella grande y verás el sueño que quieres para la reina.

Sofía se volvió y contempló el enorme tarro. En el fondo, algo se retorcía furiosamente, a la vez que daba saltos y se arrojaba contra las paredes de vidrio.

—¡Cielo santo! —exclamó la niña—. ¿Esto es el sueño?

—¡Esto, sí! —contestó el GGB, lleno de orgullo.

—¡Pero si es horrible! —gritó Sofía—. ¡Se mueve y quiere escapar!

—Es un jorobanoches —le informó el gigante—. Una terrible *pescadilla*.

—¡Yo no quiero que la reina tenga una pesadilla! —protestó la pequeña.

—¿Cómo quieres que no sea una *pescadilla*, si tiene

que soñar con *gingantes* que devoran niños y niñas? —porfió el gigantón.

—¡Pero no eso! —insistió Sofía.

—¡Pues sí! —dijo el GGB—. Un sueño donde ves que los *gingantes* se comen a los niños es lo más espantoso, lo más jorobanoches que puede haber. Es un jorobanoches *indimoniado*. Un furrísimo furriondo. Todo el mal se ha juntado en este sueño. Es tan malo como el que le mandé a Tragacarnes esta tarde. O todavía peor.

Sofía clavó los ojos en la horrenda pesadilla que se arrastraba por el fondo del enorme tarro. Era mucho más grande que los otros sueños. Tenía el tamaño y la forma de un huevo de pava. Se veía gelatinoso y, dentro de su cuerpo, presentaba unos matices de un fuerte tono escarlata. Había algo espantoso en la forma en que se arrojaba a sí mismo contra las paredes del tarro.

—Yo no quiero que la reina tenga semejante pesadilla —dijo Sofía.

—Pues yo creo —objetó el GGB— que tu reina se alegrará de haber tenido una *pescadilla* si, con ella, puede salvar a un montón de guisantes humanos de morir devorados por unos repelentes *gingantes*. ¿Tengo razón o no?

—Creo que sí —admitió la niña—. Hay que hacerlo.

—Pronto habrá terminado el sueño.

—¿Pusiste en el tarro todas las cosas importantes? —se cercioró Sofía.

—Cuando yo sople el sueño hacia el dormitorio de la reina, ella soñará todos los *detallibilititos* que tú me hiciste poner.

—¿Y me verá sentada en el antepecho de su ventana?

—Esa parte del sueño es muy *impirotante*.

—¿Y sales tú?

—El Gran Gigante Bonachón también es muy *impirotante* y tiene mucho papel.

Mientras hablaba, el GGB cogió uno de sus tarros pequeños y, con gran rapidez, volcó el terrible y revolucionario jorobanoches en él. Luego enroscó fuertemente la tapa.

—¡Ya *es* a punto! —dijo—. Podemos irnos.

Fue en busca de la maleta y metió el tarro dentro.

—¿Para qué cargas con esa maleta tan grande, si sólo

llevas un tarro? —preguntó Sofía—. Podrías meterlo en un bolsillo.

Bonachón la miró desde su altura y sonrió.

—¡Por todos los ojos de una mosca! —exclamó, sacando el bote de la maleta—. Tu cabeza no *es* tan llena de rabos de *racunicuajo* como yo creía. ¡Veo que no naciste la semana pasada!

—Muchas gracias, mi buen señor —dijo Sofía, con una pequeña reverencia desde la mesa.

—¿*Es* lista para marchar? —preguntó el GGB.

—¡Estoy lista, sí! —afirmó la niña.

Su corazón empezaba a latir con violencia, al pensar en lo que les aguardaba. Realmente era algo muy audaz y expuesto. Cabía la posibilidad, incluso, de que ambos fuesen a parar a la cárcel.

El GGB se puso su gran capa negra. Seguidamente metió el tarro en el bolsillo, y de un rincón de la cueva sacó aquel larguísimo soplasueños en forma de trompeta.

Por último se volvió y miró a la niña, que seguía encima de la mesa.

—El tarro con el sueño ya *es* en mi bolsillo —dijo—. ¿Te importa ir sentada a su lado, durante el viaje?

—¿Yo? —gritó Sofía—. ¡De ninguna manera! ¡No quiero estar al lado de ese monstruo!

—¿Dónde vas a ir, entonces?

Sofía examinó al gigante durante unos segundos, y por fin propuso:

—Si tú fueses tan amable de poner una de tus orejas de modo que quedase como un plato, yo podría instalarme allí muy cómodamente...

—¡Caracoles, qué buena idea! —exclamó el GGB.

Poco a poco, la colosal oreja se movió hasta formar una especie de concha que miraba hacia el cielo. El gigante levantó luego a la niña y la colocó allí. La oreja, que tendría el tamaño de una gran bandeja de té, presentaba los mismos canales y recodos que una oreja humana. La verdad es que resultaba un sitio muy confortable para viajar.

—Espero no caerme oreja adentro —comentó Sofía, apartándose todo lo posible del gran agujero que había junto a ella.

—¡Ten cuidado, chiquilla! —advirtió el GGB—. Me producirías un dolor de oídos *corónico*.

Lo mejor de aquel elevado lugar era que la niña podía susurrarle al oído todo lo que quisiera.

—Me haces *cosquiriquillas* —dijo el gigante—. ¡Procura no reír demasiado!

—Lo procuraré —respondió Sofía—. ¿Estamos a punto?

—¡Aaaay! —gritó el GGB—. ¡No hagas eso!

—¡Si no hago nada! —dijo la niña.

—¡Hablas demasiado alto! Olvidas que yo oigo cada quisiquirruidito cincuenta veces más fuerte, ¡y tú me gritas ahora dentro de la oreja!

—¡Perdona! —murmuró Sofía—. Lo había olvidado.

—Tu voz suena como *tronos y truempetas* juntos.

—Lo siento de veras —susurró ahora la pequeña—. ¿Va mejor así?

—¡No! —protestó el GGB—. ¡Parece que disparas un *cañopumazo*!

—¿Cómo tengo que hablarte, pues? —bisbiseó Sofía.

—¡Calla! —exclamó el pobre gigante—. ¡No sigas! Cada palabra tuya es como si tiraras *bombombas* en mi oído.

Finalmente, la niña trató de hablar entre dientes.

—¿Es mejor así?

Hablaba tan bajo, que ni ella percibía su propia voz.

—¡Sí! —respondió el GGB—. Ahora te entiendo bien. ¿Qué querías decirme antes?

—Preguntaba si estábamos a punto.

—¡Sí, claro! Nos vamos —gritó el gigante, dirigiéndose a la entrada de la cueva—. ¡Vamos al encuentro de Su *Manjestá* la Reina!

Una vez fuera, volvió a colocar en su sitio la enorme piedra redonda y emprendió un galope tremendo.

VIAJE A LONDRES

E L inmenso desierto amarillento yacía pálido y lechoso a la luz de la luna, cuando el Gran Gigante Bonachón lo cruzó a galope tendido.

Sofía, que seguía vistiendo sólo su camisa de dormir, iba cómodamente reclinada en uno de los recovecos de la enorme oreja. Hallábase junto al borde exterior, allí donde se forma el pliegue, y esto constituía para ella una especie de tejadillo que la protegía de la fuerza del viento. Además, la piel sobre la que yacía era suave y calentita, casi aterciopelada. La niña se dijo que nadie había viajado nunca tan cómodamente.

Desde su altura contemplaba el triste paisaje, que parecía pasar como una flecha. Realmente avanzaban muy aprisa. El GGB daba unos saltos tan formidables como si tuviese cohetes en los dedos de los pies, y con cada paso se elevaba unos treinta metros en el aire. Sin embargo, el gigante aún no había alcanzado su máxima velocidad, que convertiría el suelo en algo totalmente borroso, mientras el viento aullaba de manera terrible, y se diría que sus pies no tocaban la tierra. Pero eso llegaría más tarde.

Sofía llevaba muchas horas sin dormir y estaba rendida. Y como se sentía caliente y a gusto, cerró los ojos y...

No supo cuánto rato había descansado, pero al despertar y mirar por encima del borde de la oreja, comprobó que el paisaje era totalmente distinto. Atravesaban ahora un país muy verde, lleno de montañas y bosques. Aún era oscuro, pero la luna brillaba espléndida en el cielo.

De repente, y sin aminorar la marcha, el GGB volvió la cabeza hacia la izquierda. Por primera vez desde que emprendieran el viaje, y dijo un par de palabras.

—¡Mira en seguida-en seguida hacia allá! —dijo, y señaló un lugar lejano con su trompeta.

Sofía miró, y a través de la lóbrega oscuridad distin-

93

guió, a unos trescientos metros de distancia, una gran nube de polvo.

—*Es* los otros *gingantes* que regresan al galope, después del atracón.

Por fin, a la luz de la luna, Sofía pudo ver a aquellos monstruos medio desnudos, cruzando la campiña con gran estruendo.

Galopaban en grupo, con el cuello estirado hacia delante, los brazos doblados y... el estómago muy saliente. Sus pasos eran enormes, y la velocidad a que avanzaban resultaba increíble. Los pies golpeaban el suelo, causando verdaderos truenos, y dejaban atrás una inmensa sábana de polvo gris. Pero a los diez segundos ya no quedaba ni rastro de ellos.

—Un buen montón de niñas y niños ya no estará en sus camas esta noche —comentó el GGB.

Sofía se sintió enferma.

Pero el desagradable encuentro la convenció aún más de la necesidad de llevar a cabo su propósito.

Habría pasado cosa de una hora, cuando el Gran Gigante Bonachón comenzó a reducir el paso.

—Esto es Inglaterra —dijo de pronto.

A pesar de que todavía estaba oscuro, Sofía vio que se hallaban en un país cubierto de verdes campos, con pulcros setos entre ellos. Había numerosas colinas con muchos árboles, y por alguna que otra carretera corrían los faros de los automóviles. Cada vez que se acercaban a uno de esos caminos, el GGB lo pasaba con gran rapidez, y ningún motorista pudo ver nada, como no fuese una veloz sombra deslizándose por las alturas.

Súbitamente apareció en el cielo nocturno un extraño resplandor anaranjado.

—Nos acercamos a Londres —anunció el gigante.

Redujo la marcha a un trote normal y empezó a mirar a su alrededor con gran cautela.

Por todas partes aparecían ahora grupos de casas. Pero en sus ventanas aún no se veía luz. Era demasiado temprano para que la gente estuviera levantada.

—Alguien puede descubrirnos —susurró la niña.

—Nadie me verá —contestó el GGB en tono seguro—.

Tú olvidas que llevo haciendo esto desde hace años y años y años. Ningún guisante humano verá nunca ni *pistaña* de mí.

—Pues yo bien que te vi —replicó Sofía.

—Ah, bueno —dijo el gigante—. Tú sí. Pero fuiste la primera y la *úquina.*

Durante la media hora siguiente, las cosas se movían tan de prisa y de manera tan silenciosa, que la niña, acurrucada en la oreja del gigante, no podía entender exactamente qué sucedía. Iban por calles, y por doquier había casas. Y alguna que otra tienda. En las calles ardían potentes farolas. Sólo circulaban pocas personas, y los coches lo hacían con sus luces encendidas. Pero nadie se fijó en el GGB. Parecía imposible que lograra pasar tan inadvertido. Y era que en sus movimientos había cierta magia. Diríase que el gigante se fundía entre las sombras. Realmente se deslizaba —ésa era la única palabra capaz de describir su modo de andar— de una zona oscura a otra, siempre moviéndose, siempre hacia delante por las calles londinenses, con su amplia capa negra en perfecta mezcla con las negruras de la noche.

Es posible que a uno o dos noctámbulos les pareciese haber visto una gran sombra fosca que se escurría por un umbrío callejón lateral, pero incluso de ser así, no habrían dado crédito a sus ojos. Cualquier persona rechazaría semejante idea, y hasta se avergonzaría de imaginarse cosas que no existían.

Sofía y el GGB llegaron finalmente a un sitio espacioso lleno de árboles. Una carretera lo atravesaba, y en él había un lago. Dado que no se veía ni un alma por allí, el gigante se detuvo por primera vez desde que salieran de la cueva muchas horas antes.

—¿Qué ocurre? —murmuró la niña con aquella voz casi imperceptible.

—Yo... es en un lío —contestó Bonachón.

—¿Por qué? ¡Si lo estás haciendo de maravilla! —susurró Sofía.

—¡No, no! Me he *dempistado.* Yo... ¡yo es perdido! —confesó por último.

—¿Por qué? —insistió la pequeña.

95

—Porque tendríamos que estar en la *centridad* de Londres, y de pronto aparecen todos estos campos verdes...

—¡No seas tonto! —musió Sofía—. ¡Estamos justamente en el centro de Londres! Se llama Hyde Park. Sé muy bien dónde nos encontramos.

—Hablas en broma.

—¡No! Hablo muy en serio. Falta muy poco para llegar.

—¿Quieres decir que el palacio de la reina *es* cerca? —exclamó el GGB.

—Al otro lado del paseo —susurró la niña—. Ahora te dirijo *yo*.

—¿Por dónde vamos?

—En línea recta.

El GGB continuó su trote a través del parque desierto.

—¡Detente aquí!

El gigante obedeció.

—¿Ves enfrente esa glorieta tan grande con una isla de peatones en medio, fuera ya del parque? —bisbiseó Sofía.

—Sí; la veo.

—Es Hyde Park Corner.

Pese a faltar todavía una hora para el amanecer, ya había bastante tráfico alrededor de Hyde Park Corner.

Murmuró Sofía entonces:

—En medio de esa plaza hay un gran arco de piedra con una estatua que representa un hombre a caballo... ¿Lo ves también?

El GGB miró entre los árboles.

—Sí —contestó.

—¿Crees que si tomas empuje, podrías saltar por encima de Hyde Park Corner, por encima del arco y de la estatua ecuestre y aterrizar sobre el pavimento del otro lado?

—Con *facildidad* —declaró triunfante el gigante.

—¿Estás seguro? ¿Absolutamente seguro?

—¡Siií!

—Ten en cuenta que no puedes aterrizar en pleno Hyde Park Corner...

—¡No seas tan *pesadosa*! —protestó el GGB—. Para

mí, eso es un saltito de nada. No hay ninguna *dificulitis.*

—¡Salta, pues!

El GGP emprendió un tremendo galope, atravesó el parque como una exhalación y se lanzó al aire poco antes de alcanzar la verja que lo separaba de la calle. Fue un salto prodigioso. Bonachón y la niña volaron por encima de Hyde Park Corner y aterrizaron del otro lado con la suavidad de un gato.

—¡Muy bien! —susurró Sofía—. ¡Y ahora date prisa! Has de salvar ese muro.

Enfrente mismo de ellos, bordeando la acera, se alzaba una pared de ladrillos con amenazadores espigones en todo su extremo superior. Pero el GGB sólo necesitó agacharse un poco, dar un pequeño brinco, y... ¡salvado quedó el último obstáculo!

—¡Ya estamos! —murmuró Sofía, muy excitada—. ¡Ésta es la parte posterior de los jardines de la reina!

EL PALACIO

—¡Caspitona! —susurró el Gran Gigante Bonachón—. ¿De veras es esto?

—Sí. Ahí tienes el palacio —le informó Sofía.

A no más de cien metros de distancia asomaba en medio de la oscuridad, entre grandes y frondosos árboles, bien cuidados prados y preciosos parterres de flores, la maciza silueta del palacio. Era un edificio de piedra blanquinosa, y sus dimensiones asustaron al GGB.

—¡Pero si esta casa tendrá, por lo menos, cien *durmitorios!*

—Supongo que sí —susurró Sofía.

—¡Entonces *es* p-p-patiperdido! —exclamó el gigante—. ¿Cómo voy a *incontrar* el cuarto donde duerme la reina?

—Acerquémonos un poco más —propuso la niña.

El Gran Gigante Bonachón se deslizó por el jardín

hasta que, de repente, se detuvo. La enorme oreja en que viajaba Sofía comenzó a girar.

—¡Eh! —protestó la niña, alarmada—. ¡Que me vas a tirar!

—¡Pssst! —hizo el GGB—. Oigo algo.

Buscó refugio detrás de unos arbustos, y allí aguardó en silencio. Su oreja todavía se balanceaba, y la niña tenía que agarrarse con toda su fuerza, para no ir a parar al suelo.

El gigante señaló un punto, a través de un hueco en los arbustos, y en efecto, a menos de cincuenta metros, un hombre caminaba quedamente por el césped. Le acompañaba un perro policía, sujeto por una correa.

El GGB permaneció inmóvil como una piedra, y Sofía también.

El hombre y su perro siguieron andando y desaparecieron en la oscuridad.

—Me *dinjiste* que no había soldados en esta parte del jardín —se quejó el gigante.

—No era un soldado —susurró Sofía—, sino una especie de vigilante. Tendremos que ir con cuidado.

—No me *priocupa* mucho —respondió el GGB—. Estas orejas *bamboleonas* pescan la *rispiración* de un hombre en el otro lado del jardín.

—¿Falta mucho para que amanezca? —murmuró la niña.

—Poco, poco. ¡Ya podemos darnos prisa!

El gigante avanzó aún más por el espacioso parque, y Sofía pudo comprobar, de nuevo, cómo se fundía con las sombras por dondequiera que fuese. Y sus pies no producían ningún ruido, aunque caminaban sobre la grava.

De pronto se vieron frente a la pared trasera del gran palacio. La cabeza del GGB quedaba a la altura de las ventanas del piso principal, y Sofía, sentada en su oreja, se encontraba al mismo nivel. Todas las cortinas de las ventanas de aquella planta parecían cerradas. No había luz en ninguna parte. A lo lejos se oía, como con sordina, el ruido del tráfico que daba la vuelta por Hyde Park Corner.

El GGB se paró y aplicó su otra oreja, aquella en que no iba Sofía, a la primera ventana del palacio.

—Nooo —musitó.

—¿Qué intentas escuchar? —preguntó la niña.

—Alguna *respiración* —contestó el gigante—. Por la *respiración* puedo saber si el guisante humano es hombre o mujer. Aquí hay un hombre. Por cierto que *ronronca* un poco.

Y se deslizó por el costado del edificio, apretando su largo cuerpo vestido de negro contra la pared. Junto a la ventana siguiente volvió a escuchar.

—No —murmuró.

Y continuó.

—Este cuarto *es* vacío —susurró.

Escuchó delante de varias otras ventanas, pero en cada una de ellas sacudía la cabeza y emprendía de nuevo el camino.

Cuando llegó a la ventana central, aguzó el oído y no se movió.

—¡Ah! —susurró—. ¡Aquí duerme una señora!

Sofía sintió que un escalofrío le recorría la espalda.

—Bien —bisbiseó—, pero... ¿quién será?

El GGB se llevó un dedo a los labios, recomendándole silencio. Luego introdujo una mano por la ventana entreabierta y apartó un poco las cortinas.

El resplandor anaranjado del cielo nocturno londinense penetró en la estancia y alumbró tenuemente sus paredes. Era una alcoba muy amplia y hermosa. Sofía vio una rica alfombra. Sillas doradas. Un tocador. Una cama. Y sobre la almohada de esa cama reposaba la cabeza de una mujer dormida.

Repentinamente, la niña se halló contemplando un rostro que había visto toda su vida en los sellos de correo y en las monedas y en los periódicos.

Durante unos segundos permaneció sin habla.

—¿Es ella? —musitó el GGB.

—¡Sí! —contestó Sofía en el mismo tono de voz.

El gigante no perdió tiempo. Lo primero que hizo fue alzar con infinito cuidado la parte inferior de la gran ventana. Era un experto en ventanas. Había abierto miles de ellas, a lo largo de los años, para enviar sus sueños a los dormitorios de los niños. Algunas ventanas se enganchaban. Otras se movían. Algunas producían crujidos. Por eso se puso contento al comprobar que la ventana de la reina subía como la seda. Sólo empujó el cristal lo necesario para que Sofía pudiera sentarse en el antepecho.

Luego volvió a cerrar del todo las cortinas.

A continuación bajó a Sofía de su oreja, cosa que hizo con los dedos índice y pulgar, y la colocó en el borde de la ventana con las piernas colgando hacia dentro, pero detrás de las cortinas.

—¡No vayas a *catacaerte* de espaldas! —bisbiseó el gigante—. Tienes que *angarrarte* con las dos manos a la parte interior del antepecho.

La niña hizo lo que él le decía.

En Londres era verano, y la noche no era fría, pero hay que tener en cuenta que Sofía sólo llevaba su camisita de dormir. Habría dado cualquier cosa por tener una bata, y no sólo por abrigarse algo más, sino para disimular la blancura de la prenda, que podría llamar la atención de algún vigilante.

El GGB extrajo de su bolsillo el tarro de vidrio. Con mucha precaución desenroscó la tapa. Después, siempre con una cautela tremenda, vertió el importantísimo sueño en el extremo ancho de su trompeta, dirigiendo el instrumento hacia el interior de la alcoba... Lo enfocó hacia donde estaba la cama, respiró profundamente, hinchó las mejillas, y... ¡pufff!... sopló.

Finalmente volvió a sacar la trompeta muy cuidadosamente, como si se tratara de un termómetro.

—¿Tú *es* bien ahí? —susurró.

—Sí —respondió la niña.

La pobrecilla estaba muy asustada, pero procuraba no demostrarlo. Miró hacia abajo por encima del hombro. El suelo parecía a kilómetros de distancia. La sensación era muy desagradable.

—¿Cuánto tardará en actuar el sueño? —preguntó en un murmullo.

—Algunos tardan una hora —contestó el gigante—. Otros *es* más rápidos. Y también los hay que van todavía más *dispacio*. Pero desde luego le llegará.

Sofía no dijo nada.

—Yo esperaré en el jardín —musitó el GGB—. Si me *nesecitas*, me llamas y vendré en *siguida*.

—¿Me oirás?

—¡Tú te olvidas de esto! —susurró el GGB con una sonrisa y señalando sus formidables orejas.

—¡Adiós! —bisbiseó la niña.

De repente, y de la forma más inesperada, el GGB se inclinó hacia delante y la besó dulcemente en la mejilla.

Sofía estuvo a punto de echarse a llorar.

Cuando giró la cabeza para verle alejarse, el gigante ya no estaba. Simplemente, se había fundido en la oscuridad del jardín.

LA REINA

POR fin empezó a clarear, y el borde de un sol amarillo asomó por encima de unos tejados situados más allá de la estación Victoria.

Un rato después, Sofía sintió un poco de su calor en la espalda, y lo agradeció.

A lo lejos sonó la campana de una iglesia. La niña contó los toques. Fueron siete.

Le parecía imposible que ella, una pequeña huerfanita sin importancia en el mundo, se hallara ahora sentada en el antepecho de la alcoba de la reina de Inglaterra, con la soberana dormida a menos de cinco metros de distancia, y sólo separada por una cortina.

La sola idea resultaba absurda.

Nadie había hecho nunca nada semejante.

Era algo muy audaz.

¿Qué sucedería si el sueño no surtía efecto?

Nadie, y menos aún la reina, creería ni una sola palabra de su historia.

Era posible que nadie hubiese despertado nunca y ser sorprendido por una niña sentada en el antepecho de la ventana.

La reina tendría un gran sobresalto.

¿Y quién no lo tendría?

Sofía permaneció muy quietecita en su ventana, con toda la paciencia de que es capaz una niña que espera algo muy importante.

«¿Cuánto me tocará aguardar todavía? —se preguntaba—. ¿A qué hora se despiertan las reinas?»

Desde los interiores del palacio llegaron hasta ella tenues ruidos, sin duda producidos por el personal de limpieza.

Y entonces, repentinamente, oyó detrás de las cortinas la voz de la dama dormida. Sonaba un poco confusa, como ocurre cuando alguien habla en sueños.

—¡Oh, no...! ¿No hay quien les detenga? ¡No les dejen hacerlo...! ¡Es horrible! Eso no se .puede tolerar... ¡Oh, qué espanto! ¡No, por Dios, no...!

«La reina está soñando —pensó la niña—. ¡Tiene que ser una pesadilla tremenda! Siento que la pobre haya de pasar un rato tan malo, pero es preciso.»

Siguieron unos gemidos, y luego volvió a imperar el silencio.

Sofía esperó. Luego echó una mirada por encima del hombro. Sería terrible que el hombre que recorría los jardines con su perro la hubiese descubierto. Pero fuera no había nadie. Una pálida neblina de verano lo cubría todo. El jardín era enorme y muy bello, con un gran lago de curiosa forma en su extremo. En medio del agua surgía una isla, y a su alrededor nadaban los patos.

En el interior de la habitación, detrás de las cortinas, Sofía oyó entonces lo que sólo podía ser una llamada a la puerta. Notó, también, que el pomo era girado. Alguien penetró en la alcoba.

—¡Buenos días, Majestad! —dijo una mujer.

Era la voz de una persona ya mayor.

Hubo una pausa, y luego se percibió un suave tintineo de porcelana y cubiertos de plata.

—¿Quiere Su Majestad la bandeja en la cama, o sobre la mesa?

—¡Ay, Mary! ¡Acaba de pasar algo horripilante...!

Era una voz que Sofía había escuchado muchas veces

por radio y televisión, sobre todo en Navidad. ¡Una voz muy, muy conocida!

—¿De qué se trata, Majestad?

—He tenido un sueño espantoso. ¡Una auténtica pesadilla!

—Lo siento, Majestad. Pero no os angustiéis. Ahora es de día, y todo pasó. Sólo fue un sueño…

—¿Sabes lo que soñé, Mary? ¡Que los niños y las niñas de unos internados eran arrancados de sus dormitorios y devorados vivos por unos gigantes monstruosos! Los gigantes metían sus brazos por las ventanas y agarraban a las pobres criaturas con los dedos. ¡Un montón de niñas y, después, un montón de niños…! ¡Fue todo tan… vívido! ¡Me pareció tan real, Mary…!

Se produjo un silencio. Sofía esperó. Temblaba de excitación. ¿Por qué aquella pausa? ¿Por qué no decía nada la doncella?

—¿Qué ocurre, Mary? —dijo entonces la voz famosa.

Otro silencio.

—¡Mary, si estás blanca como una sábana! ¿Te encuentras mal?

Hubo un repentino catacrac y ruido de porcelana rota, lo que sólo podía significar que la doncella había dejado caer la bandeja.

—¡Mary! —exclamó la voz conocida, con cierta severidad—. Creo que debes sentarte en seguida. ¡Parece que te vas a desmayar! ¡No ha de afectarte tanto una pesadilla sufrida por mí!

—No… no es ésa la razón, Majestad —balbució la doncella, dominada por el temblor.

—Entonces… ¿cuál es? —quiso saber la reina.

—Lamento lo de la bandeja, Majestad…

—Eso no tiene importancia. ¿Qué es, sin embargo, lo que te hizo dejarla caer? ¿Por qué te pusiste blanca como un fantasma, de repente?

—Su Majestad todavía no ha visto los periódicos, ¿verdad?

—No. ¿Qué dicen?

Sofía percibió el susurro de unos papeles que eran entregados a la reina.

—Es… es como el sueño que vos tuvisteis, Majestad…

—¡Bah, Mary! No me vengas con bobadas. ¿Dónde está?

—En primera página, Majestad. Ved los grandes titulares…

—¿Cómo? ¿Qué? —jadeó la voz famosa—. ¡Dieciocho niñas desaparecen misteriosamente de sus camas del internado de Roede! ¡Y catorce niños desaparecen de Eton! Y…, lo que es peor…, ¡debajo de las ventanas de los dormitorios se han hallado huesos!

Hubo una nueva pausa, esta vez puntuada por unos sonidos entrecortados que emitía la voz conocida, a la vez que el artículo del periódico era leído y digerido.

—¡Es horroroso! —exclamó la voz de la soberana—. ¡Escalofriante! ¡Huesos debajo de las ventanas…! ¿Qué pudo suceder? ¡Pobres criaturas!

—Pero… ¡Majestad! ¿No veis, Majestad, que…?

—¿No veo qué?

—¿Que esas criaturitas fueron robadas casi exactamente como vos soñasteis?

—¡Pero no por gigantes, Mary!

—Quizá no, Majestad. Pero el hecho de que niñas y niños desapareciesen de sus dormitorios tal como Vos lo soñasteis, me… me trastornó por completo, Majestad.

—Pues a mí me sucede algo semejante, Mary.

—Me horroriza que puedan pasar estas cosas, Majestad. ¡Me entra un temblor, que…!

—Lo comprendo, Mary.

—Os traeré una nueva bandeja de desayuno, Majestad, y recogeré todo esto.

—¡No, Mary, no te vayas todavía! Aguarda un momento.

Sofía ansiaba ver lo que ocurría en el interior de la habitación, pero no se atrevía a tocar las cortinas. La famosa voz habló de nuevo:

—Lo pasmoso, Mary, es que yo soñé con esos niños. Lo vi todo clarísimamente.

—Ya lo sé, Majestad…

—Lo que no entiendo, es la intervención de los gigantes. Porque eso sí que es un disparate.

104

—¿Corro las cortinas, Majestad? Hace una mañana bonita y, con la luz del día, todos nos sentiremos mejor.

—¡Hazlo, por favor!

Las grandes cortinas fueron separadas rápidamente.

La doncella chilló.

Sofía quedó aterrada.

La reina, sentada en su lecho con el periódico *The Times* en la falda, miró extrañada. Ahora fue ella la que quedó helada, aunque no chilló como la doncella. Las reinas tienen demasiado control de sí mismas para hacer una cosa así. Simplemente, clavó unos ojos muy abiertos en la niña sentada en el antepecho de la ventana y que no llevaba nada más que un camisón.

Eso sí: estaba muy pálida.

Sofía había quedado petrificada.

Y, cosa curiosa, también la reina lo parecía. Sería lógico pensar que tenía cara de sorpresa, como os pasaría a vosotros o a mí si descubriésemos una niña sentada en el antepecho de nuestra ventana, a primera hora de la mañana. Pero la expresión de la reina no era de sorpresa. Era, francamente, de susto.

La doncella, una mujer de mediana edad y con una graciosa cofia blanca en la cabeza, fue la primera en reaccionar.

—¿Qué haces tú aquí, en nombre de Dios? —gritó furiosa al ver a Sofía.

Ésta dirigió una mirada de súplica a la reina, que a su vez continuaba contemplando a la niña sin saber qué pensar. Tenía la boca entreabierta, y los ojos como dos platos. Todo su rostro, normalmente más bien agraciado, reflejaba ahora incredulidad.

—¡Escucha, chiquilla! —gritó la doncella, cada vez más enfadada—. ¿Cómo entraste en esta alcoba?

—¡No puedo creerlo! —murmuraba la reina—. ¡Es imposible!

—¡Yo la sacaré de aquí, Majestad! ¡Ahora mismo! —dijo la doncella.

—¡No, Mary, no hagas eso!

La soberana hablaba con tanta energía, que la doncella sintió gran desconcierto. Se volvió y miró a la reina. ¿Qué le había sucedido? Se la veía anonadada.

—¿Estáis bien, Majestad? —preguntó, preocupada.

Cuando la reina habló de nuevo, lo hizo en una especie de susurro contenido.

—Dime, Mary… Dime la verdad… ¿Realmente hay una niña sentada en el antepecho de mi ventana, o todavía estoy soñando?

—¡Ahí está sentada, sí, Majestad! ¡Pero sólo Dios sabe cómo llegó hasta vuestra habitación! Ahora, Vuestra Majestad no sueña…

—¡Pero si es exactamente lo que yo vi en mi pesadilla! —exclamó la reina—. ¡También soñé esto! Soñé que en el antepecho de mi ventana había una niña, sólo cubierta con su camisón, y que me hablaba...

La doncella, con las manos cruzadas sobre su almidonada pechera blanca, miraba a su señora con cara de absoluto desconcierto. La situación se hacía demasiado complicada para ella. Se sentía perdida. Nadie la había preparado para enfrentarse con tal clase de locura.

—¿Eres de verdad? —preguntó la reina a Sofía.

—¡S-sí, Majestad! —murmuró la niña.

—¿Cómo te llamas?

—Sofía, Majestad.

—Y... ¿cómo pudiste subir a mi ventana? ¡Pero no, no me contestes a esto! Un momento... También soñé, sí..., ¡también soñé que un gigante te había colocado ahí!

—Así es, Majestad —dijo Sofía tranquilamente.

La doncella soltó un aullido de angustia y se cubrió la cara con las manos.

—¡Contrólate, Mary! —la reprendió la reina con severidad. Luego, dirigiéndose a Sofía, agregó—: No dices en serio lo del gigante, ¿eh?

—¡Claro que sí, Majestad! Está fuera, en el jardín.

—¿De veras? —inquirió la reina.

Lo absurdo de toda aquella historia la ayudaba a recobrar su compostura.

—De modo que está en el jardín, ¿no? —insistió, a la vez que en su rostro aparecía una pequeña sonrisa.

—¡Es un gigante muy bueno, Majestad! —declaró Sofía—. No tenéis por qué tener miedo de él.

—Me satisface saberlo —dijo la reina, aún sonriente.

—Es mi mejor amigo, Majestad.

—¡Qué bien!

—¡Es un gigante encantador, Majestad!

—Estoy segura de ello —respondió la reina—, pero... ¿por qué queréis venir a verme tú y ese gigante?

—Creo que Vos también soñasteis eso, Majestad —dijo Sofía sin perder la calma.

Eso hizo incorporar de golpe a la reina.

Y borró la sonrisa de su rostro.

Ciertamente, también había soñado eso. Ahora recordaba cómo, al final del sueño, se había enterado de que una niña aún pequeña y un gigante bondadoso acudirían a verla para indicarle dónde se hallaban aquellos horribles monstruos caníbales.

«Sin embargo, debo proceder con cuidado —pensó la reina—. Y no perder la calma. Porque de aquí a la locura, parece haber un solo paso...»

—¿Verdad que soñasteis eso, Majestad? —insistió Sofía.

La doncella ya no sabía qué le ocurría, entre tanto. Permanecía allí como un pasmarote, con los ojos muy abiertos.

—Sí —murmuró la reina—. Ahora que tú lo dices, lo recuerdo. Pero ¿cómo sabes tú lo que yo soñé?

—Sería una historia muy larga de contar, Majestad —contestó Sofía—. ¿Queréis que llame al Gran Gigante Bonachón?

La reina miró a la niña, y la niña devolvió a la reina una mirada limpia y seria. La soberana no sabía qué hacer. ¿Pretendía tomarle alguien el pelo?

—¿Preferís que le llame yo, de vuestra parte? —prosiguió Sofía—. Os gustará mucho.

La reina respiró profundamente. Menos mal que sólo la vieja y fiel Mary presenciaba aquella extraña escena.

—Está bien —dijo al fin—. Puedes llamar a tu gigante. Pero aguarda un momento. Mary, domínate y dame la bata y las zapatillas.

La doncella obedeció. Poco después, la reina salía de la cama y se ponía una bata de color rosa pálido y zapatillas del mismo tono.

—Ahora ya puedes llamarle —repitió, mirando a la niña.

Sofía volvió la cabeza hacia el jardín y gritó:

—¡GGB! ¡Su Majestad la Reina quiere verte!

La soberana cruzó la habitación y se situó junto a la niña.

—Baja de la ventana —dijo—. De lo contrario, aún te caerás de espaldas.

Sofía saltó al suelo y permaneció de pie junto a la reina,

delante de la ventana abierta. Mary, la doncella, estaba detrás de ellas. Ahora tenía las manos apoyadas en las caderas, y en sus ojos había una mirada que parecía decir: «¡Yo no tomo parte en este disparate!»

—No veo al gigante por ninguna parte —observó la reina.

—¡Esperad, por favor! —suplicó la niña.

—¿Queréis que me la lleve, Majestad? —intervino la doncella.

—Sí. Llévatela abajo y ocúpate de que desayune.

Pero en aquel mismo instante se oyó un pequeño ruido entre los arbustos que bordeaban el lago.

Y, entonces, el gigante salió.

Con sus ocho metros de altura, luciendo su capa negra con la gracia de un noble, y con la larguísima trompeta todavía en su mano, el GGB avanzó solemnemente a través de los jardines del palacio, en dirección a la cámara real.

La doncella lanzó un grito.

La reina quedó boquiabierta.

Sofía saludó al gigante con la mano.

El Gran Gigante Bonachón no se precipitó. Se movía con unos aires muy dignos. Cuando estaba ya cerca de la ventana desde donde le miraban las tres, se detuvo e hizo una lenta y elegante reverencia. Al enderezarse de nuevo, su cabeza quedó casi exactamente a la altura de ellas.

—¡*Manjestá!* —dijo—. Aquí tenéis a vuestro *humildoso* servidor.

E hizo otra reverencia.

Teniendo en cuenta que era la primera vez que se enfrentaba con un gigante, la reina se mantuvo asombrosamente serena.

—Nos place mucho conoceros —dijo.

Abajo, un jardinero atravesaba el césped con una carretilla. De pronto descubrió las enormes piernas del GGB, que se encontraba a su izquierda. Sus ojos se deslizaron entonces cuerpo arriba, hasta toda su tremenda altura. Primero asió con fuerza las varas de la carretilla, luego se tambaleó y, por fin, cayó al suelo desmayado. Nadie se fijó en él.

—¡Oh, *Manjestá!* —exclamó el GGB—. ¡Oh, reina! ¡Oh, *monacra!* ¡Oh, soberana de oro! ¡Oh, *gombernante!*

¡Oh, *gombernante* de la rectitud! ¡Oh, sultana! Yo *es* aquí con mi pequeña amiga Sofía... para daros mi... mi...

—¿Para darme qué? —quiso saber la reina.

—Mi *sistencia* —dijo por último el gigante, con una amplia sonrisa.

La reina puso cara de extrañeza.

—A veces, mi amigo habla de un modo raro, Majestad —le disculpó Sofía—. Nunca fue a la escuela.

—En tal caso tendremos que enviarle —respondió la reina—. En este país hay muy buenas escuelas.

—Tengo grandes secretos que contar a Vuestra *Manjestá* —anunció el GGB.

—Me encantará escucharlos —dijo la reina—. Pero no así, en bata.

—¿Deseáis vestiros, Majestad? —se apresuró a preguntar la doncella.

—¿Os habéis desayunado vosotros? —se informó entonces la reina.

—¿Podríamos tomar algo ?—exclamó la niña—. ¡Yo no he comido nada desde ayer!

—Precisamente, yo iba a desayunar ahora —dijo la reina—, pero Mary dejó caer la bandeja.

La doncella tragó saliva.

—Supongo que en palacio habrá algo más de comida —continuó la reina, dirigiéndose al GGB—. Quizá tú y tu amiguita queráis ser mis invitados...

—¿Nos daréis aquellos pepinásperos tan *ascurosos*? —preguntó en seguida el gigante.

—¿Qué?

—Pepinásperos *repungantes* y apestosos —contestó el GGB.

—¿De qué habla? —inquirió la soberana—. Esas palabras no me suenan nada bien.

Y dirigiéndose a la doncella, añadió:

—Mary, dispón que sirvan desayuno para tres en... Creo que será mejor en el salón de baile. Es el que tiene el techo más alto.

Y al gigante le dijo:

—Lamento que tengas que pasar a gatas por la puerta... Me ocuparé de que alguien te muestre el camino.

El GGB alargó el brazo y sacó a Sofía por la ventana.

—Vamos a dejar sola a Su Majestad, para que se vista.

—¡No, deja a la pequeña conmigo! —decidió la reina—. Buscaremos algo para que se ponga. No puede desayunar en camisa de dormir.

El gigante devolvió a Sofía a la alcoba real.

—¿Podríamos tomar salchichas, Majestad? —preguntó la niña—. ¿Y huevos con tocino?

—Creo que se podrá solucionar —rió la reina.

—¡Espera a probar todas esas cosas! —le dijo Sofía al gigante—. ¡En adelante, ya no volverás a comer pepinásperos!

EL DESAYUNO REAL

Entre los servidores del palacio se produjo un alboroto tremendo al recibir órdenes de que un gigante de ocho metros de altura fuese sentado a la mesa del desayuno con Su Majestad, en el gran salón de baile, media hora más tarde.

El mayordomo, un imponente personaje llamado mister Tibbs, que era el jefe de todos los servidores del palacio real, lo arregló todo del mejor modo posible, pese al escaso tiempo de que disponía. Un hombre no llega a mayordomo de la reina si no posee el don de la ingeniosidad, la adaptabilidad, la versatilidad, la habilidad, la astucia, la sofisticación, la sagacidad, la discreción y muchas otras cosas que ni vosotros ni yo tenemos. Mister Tibbs las poseía todas.

Se hallaba en la despensa de palacio saboreando un primer vaso matutino de cerveza cuando le llegó la orden. En el acto hizo los siguientes cálculos: si un hombre normal, de un metro ochenta de estatura, requería una mesa de unos noventa centímetros, un gigante de ocho metros de estatura necesitaría una mesa de casi cuatro metros de altura.

Y si un hombre de estatura normal requería una silla de unos sesenta centímetros, un gigante de ocho metros sólo podría sentarse en una silla de más de dos metros y medio de altura.

Todo tenía que ser multiplicado por cuatro. Los dos huevos de un desayuno normal se convertirían en ocho. Cuatro lonjas de tocino, en dieciséis. Tres tostadas, en doce. Y así... Estos cálculos referentes a la comida fueron pasados de inmediato a monsieur Papillon, el jefe de la cocina real.

Mister Tibbs se deslizó hasta el salón de baile (porque los mayordomos no caminan, sino que se deslizan sobre el suelo), seguido de un pequeño ejército de lacayos. Todos éstos llevaban calzón corto, y no había ni uno solo que no luciese bien torneadas pantorrillas y unos tobillos perfectos. No hay posibilidad de llegar a lacayo real si uno no posee unas pantorrillas muy bien formadas. Es lo primero que miran cuando uno se presenta.

—Empujad el piano de cola hacia el centro del salón —ordenó mister Tibbs en un susurro.

Los mayordomos nunca alzan la voz.

Cuatro lacayos movieron el piano.

—Ahora traed una cómoda grande y colocadla encima del piano —dijo, siempre en voz baja, el mayordomo mister Tibbs.

Otros tres lacayos fueron en busca de una preciosa cómoda de caoba, de estilo Chippendale, y la pusieron encima del instrumento.

—Esto será su silla —señaló mister Tibbs—. Queda, exactamente, a dos metros setenta del suelo. Ahora debemos montar una mesa que permita desayunar con toda comodidad a este caballero. Traedme cuatro grandes relojes de péndulo. Hay suficientes en palacio. Cada reloj debe tener una altura de unos tres metros y medio.

Dieciséis lacayos se dispersaron por todo el palacio, en busca de los relojes. Éstos eran muy pesados, y cada uno tuvo que ser transportado entre cuatro lacayos.

—Situad los cuatro relojes en forma de rectángulo al lado del piano —susurró mister Tibbs.

Así lo hicieron los lacayos.

—Ahora traed la mesa de ping-pong del joven príncipe —dijo el mayordomo.

Poco después, la mesa de ping-pong estaba en el salón.

—Desenroscad las patas y llevároslas —fue la siguiente orden—. Bien. Ahora colocad la tabla de la mesa encima de los cuatro relojes —susurró mister Tibbs.

Para poder hacerlo, los lacayos tuvieron que subirse a escaleras de mano.

El mayordomo retrocedió unos pasos para examinar el nuevo mueble.

—No tiene precisamente un estilo clásico —murmuró—, pero nos servirá.

A continuación dispuso que la mesa fuera cubierta con un mantel de damasco, y el conjunto resultó, por fin, bastante elegante.

De pronto, mister Tibbs pareció vacilar. Todos los lacayos le miraron desconcertados, porque los mayordomos nunca vacilan. Aunque se enfrenten con los problemas más imposibles de solucionar. Deben ser personas decididas en todo momento.

Pero ahora le oyeron musitar:

—Cuchillos y tenedores y cucharas... ¡Nuestros cubiertos parecerán alfileres en sus manos!

Sin embargo, mister Tibbs no dudó mucho.

—Decidle al jardinero mayor que necesito de inmediato una horquilla sin estrenar, y también una pala. La gran espada que hay en la pared de la salita nos servirá de cuchillo. Pero limpiadla bien. Fue empleada para decapitar al rey Carlos I, y aún puede tener restos de sangre seca.

Cuando todo estuvo preparado, mister Tibbs se colocó cerca del centro del salón, recorriendo el conjunto con sus expertos ojos. ¿Había olvidado algo? ¡Pues sí, en efecto! ¿Qué usaría como taza el enorme caballero?

—Id en busca del jarro más grande que encontréis en la cocina.

Poco después, un jarro de porcelana para agua, con una capacidad de cuatro litros y medio, estaba encima de la mesa, junto a la horquilla de jardín, la pala y la gran espada.

Los preparativos para el gigante estaban a punto.

Entonces, los lacayos recibieron orden de poner una delicada mesita con dos sillas junto a la mesa del gigante. Era para la reina y Sofía. El hecho de que la mesa y la silla dispuestas para el coloso sobresalieran muy por encima de los muebles colocadas para Su Majestad y la niña, no tenía importancia ni remedio.

Todo estuvo listo momentos antes de que la reina, ahora vistiendo una falda lisa y un conjunto de fina lana de cachemira, entrara en el salón con Sofía de la mano. Un bonito vestido azul, que había pertenecido a una de las princesas, iba muy bien a la niña, y con el fin de presentarla todavía más linda, la reina había cogido un precioso broche de zafiros de su tocador y se lo puso en la parte izquierda del pecho.

Detrás de ellas iba el Gran Gigante Bonachón que, por cierto, pasó sus apuros para entrar por la puerta. Tuvo que agacharse mucho y pasar a gatas, con dos lacayos empujándole por detrás y otros dos tirando de él por delante. Pero al fin se encontró dentro del salón. Había dejado fuera su negra capa y la trompeta, y ahora llevaba sus ropas de costumbre.

Para cruzar el aposento tuvo que mantenerse agachado, ya que de otro modo hubiese chocado contra el techo, pero en esa posición no vio una gran araña de cristales y... chocó de cabeza con ella. Una lluvia de fragmentos de cristal cayó sobre su persona.

—¡*Cacaroles* y *rencuanajos*! —exclamó—. ¿Qué era eso?

—Una araña de estilo Luis XV —dijo la reina con cierta expresión de desconcierto.

Sofía se apresuró a decir:

—¡El gigante nunca estuvo en una casa!

Mister Tibbs se puso ceñudo. Mandó a cuatro lacayos que recogieran los cristales, y luego, con un gesto despectivo de la mano, indicó al gigante que se sentara encima de la cómoda situada sobre el piano de cola.

—¡Oh, qué asiento *formicolosal* y *estupendable*! —exclamó el GGB—. ¡Voy a estar más cómodo que una *poncilga* en su cerdo, ¡ay!, que un cerdo en su *poncilga*!

—¿Siempre habla así? —preguntó la reina.

—Muchas veces —contestó Sofía—. Se hace un lío con las palabras.

El gigante se instaló sobre el montón de muebles y miró asombrado a su alrededor.

—¡Cacaroles! —dijo—. ¡Qué cuarto más *mirivalloso* y *entontorrontecedor*! ¡Es tan *inorme* que casi *nesecito antescopios* y *teleojos* para ver lo que pasa en el otro lado!

Llegaron en esto unos lacayos con bandejas de plata repletas de huevos fritos, tocino, salchichas y patatas fritas.

Mister Tibbs comprendió entonces que, para servir el desayuno al gigante en su mesa de casi cuatro metros de altura, tendría que subirse al extremo de una de las escaleras de mano. Y lo que era peor, tendría que hacerlo balanceando una descomunal fuente caliente en la palma de una mano y con una fenomenal cafetera de plata en la otra. Una persona normal se hubiese acobardado, de sólo pensarlo. Pero los buenos mayordomos tienen mucho aplomo, de modo que empezó a subir, a subir y a subir, mientras la reina y Sofía le miraban con sumo interés. Es posible que, en secreto, desearan que perdiera el equilibrio y se cayera al suelo. Pero eso no les ocurre a los buenos mayordomos.

Una vez en lo alto de la escalera de mano, mister Tibbs sirvió café y, balanceándose como un acróbata, puso delante del GGB la enorme fuente. En ella había ocho huevos, doce salchichas, dieciséis lonjas de tocino y un montón de patatas fritas.

—¿Qué es esto, *Manjestá*? —preguntó el gigante, posando desde arriba sus ojos en la reina.

—¡En toda su vida no ha comido más que pepinásperos! —explicó Sofía—. ¡Y son malísimos!

—Sin embargo, no parecen haber impedido su crecimiento —observó la reina.

El GGB empuñó la pala de jardín y, de una sola vez, se metió en la bocaza todos los huevos, las salchichas, el tocino y las patatas.

—¡Hum, d-d-demontres! —voceó—. Al lado de esto, los pepinásperos saben a *basarura*.

La reina levantó la vista, ceñuda. Mister Tibbs se miró los zapatos, y sus labios se movieron en silencioso rezo.

—Sólo que me ha parecido un poco *poquirritito...*
—dijo entonces el gigante—. ¿Tenéis más de esa *deliciente manducota* en la despensa, *Manjestá*?

—Tibbs —dispuso la soberana, demostrando una hospitalidad verdaderamente regia—. Sírvele al caballero otra docena de huevos fritos y también doce salchichas.

Mister Tibbs salió del salón murmurando para sus adentros unas palabras irrepetibles, al mismo tiempo que se pasaba un pañuelo blanco por la ceja.

El GGB alzó el enorme jarro y tomó un sorbo.

—¡Uf! —hizo, arrojando una bocanada de líquido a través del salón—. ¿Qué es este horrible *bebistranjo, Manjestá!*

—¡Es café! —le explicó la reina—. Recién tostado.

—¡Qué asco! —protestó el gigante—. ¿Dónde hay gasipum?

—¿Qué? —inquirió la reina.

—¡Rico y *burbujoso* gasipum! —respondió el GGB—. ¡Con el desayuno, todo el mundo tiene que beber gasipum, *Manjestá*! De ese modo, todos soltaríamos juntos un montón de popotraques.

—¿Qué quiere decir? —repitió la reina con el ceño

fruncido, mirando a Sofía—. ¿Qué son los popotraques?

La niña puso una cara muy seria.

—¡Aquí no hay gasipum, GGB! —dijo—. ¡Y los popotraques están terminantemente prohibidos!

—¿Cómo? —chilló el gigante—. ¿Que no hay gasipum? ¿Ni popotraques? ¿Nada de *múquisas* divertidas? ¿Nada de pumpumpum?

—¡Nada en absoluto! —respondió Sofía con gran firmeza.

—Si quiere cantar, no se lo impidas —murmuró la reina.

—Es que no quiere cantar —contestó la niña.

—¿No dijo que quería hacer música, aunque equivocó la palabra? ¿Le mando traer un violín?

—¡No, Majestad! —declaró Sofía—. Sólo habla en broma.

Una leve sonrisa cruzó el rostro del GGB.

—Escucha —dijo, mirando a Sofía desde arriba—. Aunque en el palacio no tengan gasipum, creo que podré soltar unos cuantos popotraques, si lo *intunto* con fuerza...

—¡No! —gritó Sofía—. ¡No lo hagas! ¡Te lo ruego!

—La música es buena para la digestión —señaló la reina—. Cuando estoy en Escocia, debajo de mi ventana tocan las gaitas mientras yo como. ¡Puedes hacer música, si quieres!

—¡Tengo el *premiso* de Su *Manjestá*! —bramó el gigante, y al momento dejó escapar un popotraque que sonó como si en el salón hubiese explotado una bomba y le hizo elevarse en el aire.

La reina dio un salto.

—¡Yuppiii...! —chilló el GGB—. Esto es mejor que las *gaitatas*, ¿verdad, *Manjestá*?

La reina necesitó unos instantes para recobrar la serenidad.

—Prefiero las gaitas escocesas —dijo.

Pero no pudo contener una sonrisa.

Durante los veinte minutos siguientes, todo un equipo de lacayos no cesó de correr a la cocina y volver de ella con terceras y cuartas y quintas raciones de huevos fritos y salchichas para el hambriento y encantado GGB.

Cuando Bonachón hubo consumido el huevo número setenta y dos, mister Tibbs se acercó con disimulo a la reina y, después de inclinarse respetuosamente, le susurró al oído:

—El cocinero mayor pide disculpas, Majestad, pero dice que no tiene más huevos en la cocina.

—¿Qué sucede con las gallinas, Tibbs? —preguntó la reina.

—Con las gallinas no sucede nada, Majestad —murmuró el mayordomo.

—Entonces, órdénales poner más huevos —dispuso la soberana, y dirigiéndose al gigante agregó—: Mientras tanto, puedes tomar tostadas con mermelada.

—Tampoco hay más tostadas —susurró mister Tibbs—, y el cocinero dice que no le queda pan.

—¡Pues que haga más!

Entretanto, Sofía le había explicado a la reina, con lujo de detalles, su visita al País de los Gigantes. La soberana estaba horrorizada. Así que hubo terminado el relato de la niña, miró al GGB, sentado a tanta altura y que ahora devoraba un bizcocho.

—Gran Gigante Bonachón —dijo—. La noche pasada, esos monstruos antropófagos visitaron Inglaterra. ¿Recuerdas dónde estuvieron la noche anterior?

El gigante se metió todo el redondo bizcocho en la boca y lo masticó despacio, a la vez que hacía memoria.

—Sí, *Manjestá* —contestó—. Creo que recuerdo a dónde *dinjeron* que iban... ¡Ah, sí! Galoparon a Suecia, porque dicen que los *suecios* tienen un saborcito agrio...

—¡Un teléfono, pronto! —pidió la reina.

Mister Tibbs colocó el aparato sobre la mesa, y la soberana descolgó el auricular.

—Necesito que me pongan al habla con el rey de Suecia —dijo.

Y momentos después:

—¡Buenos días! ¿Marcha todo bien en Suecia?

—¡No, todo es horrible! —respondió el rey de Suecia—. En la capital cunde el pánico. Dos noches atrás, veintiséis de mis leales súbditos desaparecieron... ¡Todo el país está alarmado!

—¡Pues vuestros veintiséis leales súbditos fueron devorados por gigantes! —explicó la reina de Inglaterra—. Por lo visto, les gusta el sabor de los suecos.

—¿Y por qué? —quiso saber el rey de Suecia.

—Porque, según el GGB, los suecos de Suecia tienen un sabor agrio o agridulce...

—¡No sé de qué me habláis! —contestó el rey, ya molesto—. ¡No es cosa de gracia que veintiséis leales súbditos hayan sido comidos como palomitas de maíz!

—También han devorado a súbditos míos —señaló la reina.

—Pero... ¿de qué devoradores se trata, por lo que más queráis? —gritó el rey.

—Se trata de gigantes —dijo la reina de Inglaterra.

—Escuchad... ¿Os sentís bien?

El rey de Suecia ya no sabía qué pensar.

—Ha sido una mañana muy dura —explicó la reina—. Primero tuve una pesadilla espantosa. Después, la doncella volcó la bandeja de mi desayuno, y ahora tengo a un gigante sentado encima del piano...

—¡Vos necesitáis inmediatamente un médico! —chilló el rey.

—Estoy perfectamente —replicó la reina—. Y ahora debo dejaros. ¡Gracias por vuestra ayuda!

Y dejó el auricular en su sitio.

—El GGB está en lo cierto —le dijo la reina a Sofía—. Esos nueve monstruos estuvieron en Suecia.

—¡Es horrible! —exclamó la niña—. ¡Impedid que hagan más barbaridades, Majestad!

—Quiero tener otra prueba, antes de poner en marcha a los soldados —dijo la reina, y de nuevo miró al gigante, que ahora comía buñuelos y se los echaba de diez en diez a la enorme boca, como si fuesen guisantes—. Haz un esfuerzo con tu memoria, amigo Bonachón. ¿Adónde fueron esos horrorosos gigantes tres noches atrás?

El GGB reflexionó largamente.

—¡Ah, sí! —gritó por fin—. ¡Ya lo sé!

—¿Adónde? —insistió la reina.

—Uno galopó a *Bagadad* —le informó el gigante—. Cuando pasaba por *dilante* de mi cueva, Tragacarnes *angitó* los brazos y gritó: «¡Me voy a *Bagadad* y me *enmerendaré* a un papá y una mamá con sus diez hijos!»

La reina volvió a descolgar el teléfono.

—Ponedme con el alcalde de Bagdad —ordenó—. Y si no tienen alcalde, ponedme con quien sea.

A los cinco segundos contestó una voz.

—¡Aquí habla el sultán de Bagdad!

—Oídme, sultán —dijo la reina—. ¿Ocurrió algo muy desagradable en vuestra ciudad, hace tres noches?

—En Bagdad siempre ocurren cosas desagradables —contestó el sultán—. Aquí cortamos cabezas con la misma facilidad que vos cortáis perejil.

—Yo nunca corté ni piqué perejil —respondió la reina—. ¡Lo que yo quiero saber, es si recientemente ha desaparecido alguien en Bagdad!

—Sólo mi tío, el califa Harun al Rashid —dijo el sultán—. Tres noches atrás desapareció de su cama con su mujer y diez niños.

—¡Ahí lo tenéis! —intervino el GGB, cuyas maravillosas orejas le permitían oír todo cuanto el sultán le decía a la reina por teléfono—. ¡Eso fue cosa de Tragacarnes! ¡Galopó a *Bagadad* para devorar a un papá y una mamá y diez hijos!

La reina dejó el teléfono.

—Tengo suficientes pruebas —declaró, levantando los ojos hacia el gigante—. Tu historia parece ser bien cierta... ¡Que vengan de inmediato el jefe supremo de los Ejércitos de Tierra y el jefe supremo de las Fuerzas Aéreas!

EL PLAN

E L jefe supremo de los Ejércitos de Tierra y el jefe supremo de las Fuerzas Aéreas se cuadraron frente a la mesa del desayuno de la reina. Sofía permanecía en su silla, y el GGB estaba todavía en su extraño asiento.

121

La reina sólo necesitó cinco minutos para exponer la situación a sus militares.

—Sabía que algún día iba a suceder esto, Majestad —dijo el jefe supremo de los Ejércitos de Tierra—. Durante los últimos diez años se recibieron informes de casi cada país del mundo, respecto de personas que desaparecían misteriosamente, en plena noche. No hace mucho, desde Panamá...

—¡Ah, por lo del sabor a sombrero! —intervino el GGB.

—También desde Wellington, en Nueva Zelanda, dijeron que...

—¡Claro, por lo del gusto a botas! —exclamó el GGB.

—¿De qué habla ése? —preguntó el jefe supremo de las Fuerzas Aéreas.

—¡A ver si lo adivináis! —dijo la reina—. ¿Qué hora es? El reloj marca las diez de la mañana. Dentro de ocho horas, esos nueve monstruos sedientos de sangre saldrán al galope para engullir a otra docena de desgraciados. ¡Es preciso detenerles! Hemos de actuar rápidamente.

—¡Bombardearemos a esos malvados! —gritó el jefe supremo de las Fuerzas Aéreas.

—¡Nosotros los segaremos con nuestras ametralladoras! —declaró el jefe supremo de los Ejércitos de Tierra.

—Yo no apruebo el asesinato —replicó la reina.

—¡Pero si ellos son asesinos! —protestó el jefe supremo de los Ejércitos de Tierra.

—No hay motivo para que nosotros sigamos su ejemplo —dijo la reina—. Si ellos obran mal, no tenemos por qué imitarles.

—¡Bien hablado! —se oyó de nuevo la voz del GGB.

—Hemos de capturar vivos a esos gigantes —declaró la reina.

—¿Cómo, Majestad? —preguntaron los dos altos militares a la vez—. Se trata de unos monstruos de más de quince metros de estatura. ¡Nos barreran como si fuésemos bolos!

—¡Esperad! —tronó en esto el GGB—. ¡Aguzad las narices! ¡No os pongáis *nivriosos*! Creo que tengo la *respuestación*.

—Déjenle hablar —dijo la reina.

—Cada tarde, los *gingantes* están en el país de los *runquidos*.

—¡No entiendo ni media palabra de lo que dice! —protestó el jefe supremo de los Ejércitos de Tierra, visiblemente molesto—. ¿Por qué no se expresa con más claridad?

—El GGB quiere decir que, cada tarde, los gigantes están en el mundo de los sueños. O sea, que duermen —se entremetió la niña.

—¡*Exuntamente!* —voceó de nuevo Bonachón—. Cada tarde, esos nueve bestias duermen en el suelo y se quedan como troncos. Siempre *discansan* así, antes de salir galopando en busca de guisantes humanos para *engullar*.

—¡Sigue! —dijeron—. ¿Qué más?

—Lo que tenéis que hacer, es *ancercaros* a los *gingantes* mientras duermen, y atarles brazos y piernas con cuerdas y *encadenas* muy grandes.

—¡Una idea brillante! —exclamó la reina.

—Todo eso está muy bien —dijo el jefe supremo de los Ejércitos de Tierra—. Pero... ¿cómo traernos hasta aquí a los monstruos? ¡No podemos cargar a unos gigantes tan colosales en camiones! ¡Yo soy partidario de matarlos a tiros allí mismo!

El GGB miró a los hombres desde sus alturas y dijo, esta vez de cara al jefe supremo de las Fuerzas Aéreas:

—Vosotros tenéis *belimpómperos,* ¿no?

—¿Acaso me toma el pelo ese tipo? —preguntó el militar, a punto de ofenderse.

—Mi amigo quiere decir «helicópteros», señor —lo arregló Sofía.

—¿Por qué no lo dice bien, pues? ¡Claro que tenemos helicópteros!

—¿*Belimpómperos* de esos grandotes? —insistió el GGB.

—¡Muy grandes! —declaró el jefe supremo de las Fuerzas Aéreas, muy orgulloso—. Pero no existe el helicóptero suficientemente grande para meter en él a un gigante de ese tamaño.

—¡No los metáis *drento*! —dijo el GGB—. Los atáis por debajo de la barriga del *belimpómpero* y los lleváis como un *portedo*.

—¿Cómo un qué? —exclamó el jefe supremo de las Fuerzas Aéreas.

—Como un torpedo —corrigió Sofía.

—¿Podríais hacer eso, mariscal del Aire? —preguntó la reina.

—Creo que sí. ¡Podríamos! —admitió el militar, aunque no de muy buena gana.

—Entonces, ¡pongamos manos a la obra! —ordenó la reina—. Necesitaréis nueve helicópteros, uno para cada gigante.

—¿Dónde está ese lugar? —preguntó al GGB el jefe supremo de las Fuerzas Aéreas—. Supongo que me lo sabrá indicar en el mapa...

—¿Señalar yo? ¿En el *qué*? Nunca *oír* esa palabra de *mapa*... ¿Me quiere tomar el pelo el guisante de las Fuerzas *Aerírias*?

El mariscal del Aire se puso del color de las ciruelas maduras. No estaba acostumbrado a que le tratasen de aquella manera ni le llamasen «guisante». Fue la reina quien, con su admirable tacto y buen sentido común, solucionó el problema.

—Escucha, GGB —dijo—. ¿Puedes decirnos dónde está, más o menos, el País de los Gigantes?

—No, *Manjestá*. No tengo ni *india*.

—¡En tal caso, todo será inútil! —exclamó el general de los Ejércitos.

—¡Es que todo esto es ridículo! —no pudo contenerse el mariscal del Aire.

—No debéis renunciar tan pronto —intervino el GGB con voz tranquila—. Al primer *ostanculito,* ya os ponéis a gritar como si os *despanchurrunasen.*

El general de los Ejércitos estaba tan poco acostumbrado a los insultos como el mariscal del Aire. Por lo tanto, su cara empezó a hincharse de furia, y sus mejillas adquirieron pronto el aspecto de dos tomates maduros.

—¡Majestad! —protestó—. ¡Tratamos con un chiflado, y yo no quiero tener nada más que ver con esta ridícula operación!

La reina, que ya conocía las rabietas de sus altos militares, le ignoró por completo.

—GGB —dijo—. Explica a estos dos señores más bien carentes de fantasía lo que tienen que hacer.

—¡Con mucho gusto, *Manjestá*! —contestó Bonachón—. ¡Y ahora *escunchadme* bien, presumidos *patochones*!

Los dos militares comenzaban a crisparse, pero continuaron cuadrados.

—Yo no tengo ni la más *burrosa* idea de dónde está el País de los *Gingantes* —admitió el GGB—. Pero sé que, galopando, llegaré. Cada noche voy y vengo para echarles sueños a los niños. Conozco muy bien el camino. Así que, todo lo que tenéis que hacer es poner en el aire los nueve *belimpómperos* y que me sigan mientras yo galopo.

—¿Será muy largo el viaje? —preguntó la reina.

—Si salimos ahora —contestó el GGB—, llegaremos cuando los *gingantes* hagan la siesta.

—¡Estupendo! —exclamó la reina, y dirigiéndose a los dos militares, añadió—: ¡Preparaos para partir de inmediato!

El jefe supremo de los Ejércitos, bastante enojado con todo el asunto, gruñó:

—Está bien, Majestad, pero... ¿qué haremos con esos nueve monstruos cuando les tengamos aquí?

—No padezcas por eso —respondió la soberana—. Ya estaremos preparados. ¡Y ahora no perdáis tiempo!

—Si a Vuestra Majestad le parece bien —dijo Sofía—, me gustaría ir con el GGB, para que no esté tan solo.

—¿Y dónde harás el viaje?

—En su oreja —explicó la niña—. ¡Enséñasela, GGB!

Bonachón bajó de su elevado asiento y tomó a Sofía entre sus dedos. A continuación movió la enorme oreja derecha, poco a poco, hasta que la tuvo paralela al suelo, y entonces colocó cuidadosamente a la niña en ella.

Los jefes de los Ejércitos de Tierra y de las Fuerzas Aéreas permanecían boquiabiertos. La reina, en cambio, sonreía.

—Realmente eres un gigante maravilloso —dijo.

—*Manjestá* —habló entonces el GGB—. Quiero pediros un favor muy grande...

—¿Qué es?

—¿Podrían traerme, en los *belimpómperos,* toda mi *culención* de sueños? Tardé años y años en tenerlos, y no me gustaría quedarme sin ellos.

—¡Naturalmente que sí! —contestó la reina—. ¡Os deseo un buen viaje!

LA CAPTURA

A lo largo de los años, el GGB había hecho miles de viajes desde el País de los Gigantes a otros lugares y viceversa, pero ninguno podía compararse con el que hacía ahora, con nueve helicópteros zumbándole encima de la cabeza. Tampoco había viajado nunca en pleno día, porque no se hubiera atrevido. Ahora, en cambio, la cosa era distinta. Lo hacía por la mismísima reina de Inglaterra, y no le temía a nada.

Mientras cruzaba las islas Británicas con los helicópteros tronando en las alturas, la gente se detenía, desconcertada, preguntándose qué era aquello. Nunca se había visto nada semejante, ni se volvería a ver.

De vez en cuando, los pilotos de los helicópteros distinguían fugazmente a una niña con gafas, sentada en la oreja derecha del gigante, que les saludaba con la mano. Ellos siempre respondían, claro.

Aquellos pilotos no salían de su asombro ante la velocidad del gigantón y el modo en que saltaba por encima de anchos ríos y grandes edificios.

Mas aún no lo habían visto todo.

—¡Procurad no apartaros de mí! —gritó el GGB—. Voy a correr como un *relampísssimo...*

Entonces, el Gran Gigante Bonachón pasó a su famosa marcha máxima, y al momento salió volando como si tuviera resortes en las piernas y cohetes en los dedos de los pies. Trotaba volando por encima de la tierra de una manera increíble, sin tocar apenas el suelo. Como la vez anterior Sofía tenía que acurrucarse en la cuenca de la oreja para no ser barrida por el viento.

Los pilotos de los nueve helicópteros comprobaron, de repente, que quedaban atrás. El gigante iba mucho más aprisa que ellos. Dieron la aceleración máxima a sus aparatos, pero aun así sólo conseguían mantener a duras penas la velocidad del GGB.

En el primer helicóptero iba sentado también el jefe supremo de las Fuerzas Aéreas. Tenía un atlas sobre las rodillas, y sus ojos iban constantemente del libro al terreno que sobrevolaban, intentando descubrir hacia dónde les llevaba el gigante. El mariscal no hacía más que volver páginas y páginas.

—¿Adónde demonios vamos? —gritaba.

—No tengo la menor idea —contestó el piloto—. La reina dio orden de seguir al gigante, y es lo que hago.

Este piloto era un joven oficial de espesos bigotes. Estaba muy orgulloso de ellos, no le temía a nada y, además, era un entusiasta de las aventuras.

Y el vuelo ordenado por la reina constituía, desde luego, una aventura formidable.

—Es interesante conocer sitios nuevos —dijo.

—¿*Sitios nuevos?* —bramó el jefe—. ¿Qué diantre quiere decir, con esto de *sitios nuevos?*

—El lugar que ahora sobrevolamos no está en el atlas, ¿verdad? —observó el piloto con una sonrisa.

—¡Maldita sea! ¡Claro que no está en el atlas! —voceó el jefe—. ¡Ya hemos llegado más allá de la última página!

—Espero que ese gigante sepa a dónde nos conduce —dijo el joven piloto.

—¡Al desastre, es adonde nos conduce! —rugió el jefe supremo de las Fuerzas Aéreas, temblando de miedo.

Sentado detrás de él estaba el jefe supremo de los Ejércitos de Tierra, igualmente asustado.

—¿Quiere d-d-decir que hemos salido del atlas? —exclamó, inclinándose hacia delante para ver el libro.

—¡Eso mismo quiero decir, sí! —gritó el de las Fuerzas Aéreas—. ¡Compruébelo usted mismo! Aquí está el último mapa de este flamante atlas, y hemos salido de él hace más de una hora... —jadeó, volviendo la hoja.

Como en todos los atlas, al final había dos páginas totalmente en blanco.

—Debemos de estar por aquí —agregó, poniendo el dedo en uno de esos espacios vacíos.

—¿Qué significa «aquí»? —quiso saber el jefe supremo de los Ejércitos de Tierra.

El joven piloto seguía con su amplia sonrisa.

—Ése es el motivo de que siempre dejen páginas en blanco al final de un atlas. Por si acaso surgen nuevas tierras. Ahora, ustedes mismos podrán llenarlas.

El jefe de las Fuerzas Aéreas miró hacia abajo.

—¡Fíjense en ese desierto dejado de la mano de Dios! —exclamó—. ¡Todos los árboles están muertos, y las rocas son azules!

—El gigante se ha detenido —indicó el piloto—, y nos hace señales para que bajemos.

Todos los pilotos redujeron la marcha de sus aparatos y, poco después, los nueve helicópteros aterrizaban sin novedad en el inmenso páramo amarillo. Del fuselaje de cada uno de ellos salió una rampa, y por ellas descendieron nueve *jeeps* ocupados por seis soldados y gran cantidad de soga muy gruesa y pesadas cadenas.

—No veo gigantes por ninguna parte —dijo el jefe de los Ejércitos de Tierra.

—No se ven desde aquí —explicó el GGB—, pero si vosotros acercaseis esos *ustruendosos belimpómperos,* los *gingantes dispirtarían* en el acto y ¡uuif! se esfumarían.

—¿Así, pues, hemos de continuar en jeep? —preguntó el militar.

—Sí —dijo Bonachón—. Pero habéis de *avavanzar* con mucho cuidado. Sin ruido de motores. ¡Y nada de gritos ni de *charlatantaneos*! No se debe *uir* nada.

El GGB, con Sofía siempre en su oreja, trotó hacia delante, y los *jeeps* le siguieron de cerca.

De repente, todos los miembros de la expedición oyeron un estruendo ensordecedor. El jefe supremo de los Ejércitos de Tierra se puso verde como un guisante.

—¡Cañonazos! —exclamó—. ¡Cerca de aquí se está desarrollando una batalla! ¡Retrocedamos todos! ¡Abandonemos este lugar!

—¡Bah, *torontonterías*! —dijo el GGB—. Esos ruidos no *es* cañonazos.

—¡Claro que lo son! —bramó el jefe—. ¡Soy militar y reconozco un cañonazo cuando lo oigo! ¡Atrás, he dicho!

—*Es* los *gingantes* —explicó Bonachón—, que roncan en sueños. Yo *es gingante* y reconozco un *runquido* de *gingante,* cuando lo oigo.

—¿Estás seguro? —inquirió con ansiedad el jefe supremo de los Ejércitos de Tierra.

—¡Desde luego! —declaró el GGB.

—Proceded con cautela —ordenó el jefe militar.

Todos avanzaron.

¡Y entonces los vieron!

Pese a la distancia, el espectáculo fue suficiente para dejar turulatos a los soldados. Pero cuando éstos se acercaron más y pudieron comprobar el aspecto espantoso de aquellos gigantes, empezaron a sudar de miedo. Nueve horribles monstruos casi desnudos y de un tamaño sobrecogedor yacían esparcidos por el suelo en las más grotescas posturas, y el ruido de sus ronquidos parecía, realmente, el de una batalla furiosa.

El GGB levantó una mano. Todos los *jeeps* se detuvieron. Los soldados saltaron a tierra.

—¿Qué pasará si uno de esos monstruos despierta? —susurró el jefe supremo de los Ejércitos de Tierra, y era tal el temblor de sus rodillas, que le entrechocaban sin cesar.

—Si uno de ellos *dispierta,* se te *engurugullirá* antes de que usted pueda decir ni pío —contestó el GGB, muy sonriente—. Yo *es* el *úquino* que no sería devorado, porque los *gingantes* no se comen entre sí. Yo y Sofía *es* los *úquinos* seguros, ya que yo la *iscundiría,* si algo *suncidiera.*

El jefe supremo de los Ejércitos de Tierra dio algunos pasos atrás. Lo mismo hizo el jefe supremo de las Fuerzas Aéreas. Y pronto estaban los dos de nuevo en su *jeep,* para emprender la huida si las cosas iban mal.

—¡Adelante, hombres! —gritó el jefe supremo de los Ejércitos de Tierra—. ¡Adelante y cumplid con vuestro deber!

Los soldados se deslizaron hacia delante con sus sogas y cadenas. Todos temblaban como flanes, y nadie se atrevía a pronunciar palabra.

El GGB, con Sofía ahora sentada en su mano, vigilaba de cerca la operación.

Hay que reconocer que los soldados demostraron gran valor. Seis hombres bien adiestrados se encargaban de cada gigante, y al cabo de diez minutos estaban bien atados ocho de ellos, aunque seguían roncando felizmente. El noveno, que por casualidad era Tragacarnes, presentaba más dificultades por estar echado con el brazo derecho doblado debajo del corpachón. Resultaba imposible atarle los puños sin antes sacar ese brazo.

Los seis soldados dedicados a Tragacarnes empezaron a tirar con mucho cuidado de él... Pero entonces, el gigante abrió sus negros ojos, semejantes a los de un cerdo, y rugió:

—¿Quién es el *ascuroso* pestudo que me retuerce el brazo? ¿Eres tú, maldito Quebrantahombres?

En aquel momento descubrió a los soldados y se incorporó de repente, mirando a su alrededor. Con un aullido se puso de pie. Los soldados, petrificados de horror, se quedaron donde estaban. No iban armados.

El jefe supremo de los Ejércitos de Tierra dio marcha atrás al coche.

—¡Guisantes humanos! —tronó Tragacarnes—. ¿Qué hacéis en nuestro país, ridículos guisantes mocosos y medio crudos?

Dicho esto, agarró a uno de los soldados y lo levantó en su manaza.

—¡Hoy voy a cenar *trempano*! —anunció, a la vez que sostenía al pobre soldado a un brazo de distancia y se reía a reventar.

Sofía, escondida en la palma de la mano del GGB, lo miraba todo horrorizada.

—¡Haz algo! —chilló—. ¡Antes de que ese monstruo se lo coma!

—¡Deja en *siguida* a ese guisante humano! —gritó Bonachón.

El Tragacarnes se volvió y clavó sus ojos en el GGB.

—¿Qué haces tú aquí, entre todos esos *rencanuajos* mamarrachosos? —rugió—. ¡Me parece muy *sospinchoso*!

El GGB quiso arremeter contra el enorme Tragacarnes,

pero este gigante, con sus dieciocho metros de estatura, le derribó con un ligero golpe de su brazo libre. En el mismo instante, Sofía cayó de la mano de su amigo. Su cabeza era un torbellino. Tenía que hacer algo. ¡Era preciso! *¡Imprescindible!*

Entonces recordó el broche de zafiros que la reina había sujetado a su vestido.

Rápidamente lo desenganchó.

—¡Voy a devorarte más a gusto...! —le decía Tragacarnes al soldado que tenía en la mano—. Después me zamparé a diez o veinte gorgojos más como tú... ¡Y no podrás escapar, jajá, porque yo galopo *cincunuenta* veces más de prisa que tú!

Sofía corrió a situarse detrás de Tragacarnes. Sostenía el broche entre los dedos y, cuando estuvo suficientemente cerca de las descomunales y peludas piernas del monstruo, le clavó la aguja del broche en el tobillo derecho, con toda la fuerza posible. La aguja penetró en su carne y quedó allí hundida.

El gigante soltó un aullido de dolor y pegó un salto. A la vez dejó caer al soldado y se agachó para frotarse el tobillo.

Bonachón, que sabía lo cobarde que era Tragacarnes, tuvo una gran idea.

—¡Te ha mordido una *sirpiente*! —gritó—. ¡Vi cómo te mordía! ¡Y era una *vininosa vépora*! ¡Era una horrible víbora de *picaruda* mortal!

—¡Socorro! —rugió el Tragacarnes—. ¡Por todos los diablos! ¡Me ha mordido una *vérbora visinosa* y mortal...!

El gigantón se tiró al suelo y comenzó a revolcarse, gritando, al mismo tiempo que se sujetaba el tobillo con ambas manos. Entonces, sus dedos tocaron el broche.

—¡Ay, que los dientes de la *pirsiente* aún están clavados en mi pierna! —exclamó—. ¡Me noto los dientes dentro de mi *tumbillo*...!

El GGB vio una segunda posibilidad.

—¡Tenemos que sacártelos en seguida! —dijo—. ¡De otro modo, pronto estarás más muerto que un *cacarol* aplastado! ¡Yo te ayudo!

Y Bonachón se arrodilló junto a Tragacarnes.

—¡*Sunjétate* bien el *tumbillo* con las dos manos! —ordenó—. Eso impedirá que los jugos *vununosos* suban por tu pierna y te lleguen al *curanchón.*

Tragacarnes se sujetó fuertemente el tobillo.

—Ahora cierra los *ajos* y *apretuncha* los dientes y mira al cielo y reza mientras yo te *anraco* los *colomillos* de esa *vóbira vesesona* —dijo el GGB.

El aterrorizado Tragacarnes obedeció en seguida.

Entretanto, el GGB hizo una señal para que trajesen soga. Un soldado se la llevó. Permaneciendo el gigante Tragacarnes con las manos agarradas a su tobillo, no resultó empresa difícil, para Bonachón, atarle manos y piernas con un nudo bien resistente.

—Te saco los horribles dientes de la *vímpora* —dijo, cuando estrechaba el nudo.

—¡Sí, pronto! —gritó el Tragacarnes—. ¡Antes de que el veneno *viboroso* me mate…!

—¡Ya *es* hecho! —declaró el GGB, poniéndose de pie—. ¡Mira!

Cuando Tragacarnes vio que estaba atado como un pavo, lanzó un aullido tan fenomenal que hizo temblar los cielos. Se revolcó y refregó contra el suelo, luchando como loco por liberarse, mientras profería unos alaridos tremebundos. Pero no pudo hacer nada.

—¡Muy bien hecho! —exclamó Sofía mirando fieramente al GGB.

—¡Tú lo *hinciste* bien! —replicó éste, sonriente y orgulloso—. ¡Tú has salvado todas nuestras vidas!

—Y ahora devuélveme el broche —señaló Sofía—. Es de la reina.

El GGB arrancó la preciosa joya del tobillo de Tragacarnes, y éste lanzó otro aullido. Seguidamente, Bonachón limpió la aguja y entregó el broche a la pequeña.

Cosa rara, ninguno de los ocho gigantes dormidos había despertado pese al alboroto armado.

—Si uno sólo *durme* una o dos horas al día, el sueño es mucho más *prufundoso* —comentó el GGB.

Los jefes supremos de los Ejércitos de Tierra y de las Fuerzas Aéreas se acercaron de nuevo en su *jeep.*

—Su Majestad estará muy satisfecha conmigo —declaró el jefe supremo de los Ejércitos de Tierra—. Seguramente me concederá una medalla. ¿Cuál es la próxima maniobra?

—Ahora, todos iremos a mi cueva para cargar mis sueños de tarros, ¡ay!, mis tarros de sueños —contestó el GGB.

—¡No podemos perder tiempo con esas memeses! —dijo resueltamente el general de los Ejércitos.

—¡Son órdenes de la reina! —intervino Sofía, de nuevo instalada en la mano del gigante amigo.

Por lo que los nueve *jeeps* se dirigieron a la cueva del GGB, y allí dio comienzo la gran operación de cargar los sueños. Los tarros eran cincuenta mil en total, con lo que hubo que meter más de cinco mil en cada vehículo. Los soldados tardaron más de una hora en terminar la tarea.

Mientras los sueños eran cargados, el GGB y Sofía desaparecieron detrás de las montañas. Tenían algo muy misterioso que hacer. A su regreso, el gigante llevaba al hombro un saco del tamaño de una casa pequeña.

—¿Qué diantre tenéis ahí dentro? —quiso saber el jefe supremo de los Ejércitos de Tierra.

—¡La curiosidad mata a la rata! —respondió el GGB, y le volvió la espalda a aquel tipo insoportable.

Cuando Bonachón tuvo la certeza de que todos sus preciosos sueños habían sido cargados en los vehículos, dijo:

—Ahora volvemos donde *es* los *belimpómperos* y recogemos a los *gingantes*.

Los *jeeps* regresaron a donde aguardaban los helicópteros, y los cincuenta mil sueños fueron trasladados a ellos con toda precaución, un tarro tras otro. Los soldados subieron de nuevo a bordo, pero el GGB y Sofía permanecieron en tierra. Luego, todos se encaminaron al lugar donde se hallaban los gigantes atados.

Era extraordinario ver los grandes aparatos volando encima de aquellos monstruos empaquetados. Pero todavía resultó más divertido ver cómo los gigantes despertaban por el estruendo de los motores que surcaban el cielo, y lo mejor de todo fue presenciar los esfuerzos de los repugnantes gigantones por librarse de las sogas y cadenas. Parecían un montón de serpientes retorciéndose furiosas por el suelo.

—¡Estoy fastirreventado! —bramó el Tragacarnes.
—¡Y yo, furripanchoso! —gritó Mascaniños.
—¡Pues yo, emperrunchado! —rugió Ronchahuesos.
—¡Yo, jorogibado! —jadeó Quebrantahombres.

—¡Pues yo estoy encorajifrenético! —aulló Escurrepicadillo.

—¡No estaréis tan furifierorrabiosos como yo...! —voceó Aplastamocosos.

—¡Ya! ¡Pues yo reviento de iracundicólera! —se desgañitó Buche de Ogro.

—¡Yo no aguanto esta perrería guisantosa y puerquicochina! —berreó el Sanguinario.

—¡Malditos sean los furriendemoniados guisantes humanos...! —ululó Devorador.

Cada uno de los helicópteros eligió a un gigante y se detuvo en el aire encima de él. Acto seguido, de la parte delantera y trasera de los aparatos descendieron unos cables con ganchos. El GGB sujetó entonces los ganchos a las cadenas de los gigantes, uno a la altura de las piernas y otro a la altura de los brazos. Por último, los gigantes fueron levantados del suelo poco a poco, de forma que quedasen paralelos al helicóptero. Los monstruos aullaban y rugían, pero de nada les sirvió.

El GGB, de nuevo con Sofía cómodamente instalada en su oreja, emprendió el galope hacia Inglaterra. Los helicópteros volaban a su alrededor y le seguían.

El espectáculo de los nueve helicópteros evolucionando por el cielo, cada cual con un gigante de dieciocho metros colgando debajo, era asombroso. Los propios gigantes debían de considerarlo una experiencia interesante y, si bien es cierto que no dejaban de bramar y rugir, sus voces eran ahogadas por el estruendo de los motores.

Cuando empezó a anochecer, los helicópteros encendieron potentes faros con los que iluminaron a los gigantes, para vigilarles. La escuadrilla voló durante toda la noche y llegó a Inglaterra al romper el día.

LA HORA DE LA COMIDA

MIENTRAS los gigantes eran capturados, en Inglaterra hubo un tremendo ajetreo. Todos los cavadores y aparatos del país habían sido movilizados para abrir el colosal hoyo donde los gigantes permanecerían encerrados para siempre.

Diez mil hombres y diez mil máquinas trabajaron sin descanso a lo largo de toda la noche bajo unas potentes luces de arco, y la pesada tarea quedó terminada justo a tiempo.

El hoyo venía a ser el doble de extenso que un campo de fútbol, y su profundidad era de casi ciento setenta metros. Las paredes caían perpendiculares, y los ingenieros habían calculado que, una vez dentro, los gigantes no tendrían manera de escapar. Aunque se pusieran cada uno sobre los hombros del otro, el gigante de encima de todos aún quedaría a casi veinte metros del borde.

Los nueve helicópteros que transportaban a los monstruos se detuvieron encima del hoyo, y los gigantes fueron bajados lentamente hasta el fondo. Pero todavía estaban atados, y ahora venía el difícil problema de soltarles. Nadie quería hacerlo, porque, en cuanto uno de los gigantes estuviese libre, se arrojaría sobre el desdichado hombre y le devoraría en un instante.

Como de costumbre, el GGB tuvo la solución.

—Ya os dije en otro momento que los *gingantes* no se comen entre sí —explicó—, de modo que yo *desdenceré* y les *densataré* las cuerdas en menos que galla un canto, ¡ay!, quiero decir en menos que canta un gallo.

Ante miles de espectadores, entre los que incluso figuraba la reina, el GGB fue introducido en el enorme hoyo mediante una soga. Llegado al fondo, desató a los nueve gigantes, uno tras otro. Los monstruos se levantaron, estiraron sus entumecidos miembros y comenzaron a dar saltos de furia.

—¿Por qué nos han metido en este *inmundicio* agujero? —le gritaron al GGB.

—¡Porque os comíais a los guisantes humanos! —replicó éste—. Siempre os *anvirtía* que no lo hicierais, pero nunca me *escuruchabais.*

—¡En tal caso —bramó Tragacarnes—, te vamos a comer a ti!

El GGB se agarró a la cuerda y fue alzado en el último segundo.

Al borde del hoyo estaba el descomunal saco que Bonachón había traído consigo del País de los Gigantes.

—¿Qué hay dentro? —preguntó la reina.

El GGB metió un brazo en el saco y extrajo un objeto del tamaño de un hombre, negro y con rayas blancas a lo largo.

—¡Pepinásperos! —declaró—. ¡Esto es uno de los *renpungantes* pepinásperos, *Manjestá,* y los *gingantes* del hoyo no comerán otra cosa en adelante!

—¿Puedo probarlo? —dijo la reina.

—¡No lo hagáis, *Manjestá,* no! —chilló el GGB—. Saben a *puderidumbre.* ¡Son *cochinibundos*!

Y con estas palabras les arrojó el pepináspero a los gigantes del hoyo.

—¡Aquí tenéis la cena! —gritó—. ¡Que *apurveche*!

Sacó del saco varios pepinásperos más y los echó también abajo.

Los gigantes renegaban y emitían aullidos. Pero el GGB se rió.

—¡Le *es* bien *empapelado*! —dijo.

—¿Y qué les daremos cuando se hayan comido todos esos pepinásperos? —quiso saber la reina.

—¡Oh, no se *encanbarán, Manjestá*! —contestó el GGB, muy sonriente—. En este saco también hay un montón de plantas de pepinásperos. Con vuestro *pirimiso* se las daré al jardinero real, para que las cultive. Así tendremos siempre bastantes pepinásperos para *alimintar* a esos *sangrinosos* monstruos.

—¡Eres muy listo! —exclamó la reina—. No estarás muy bien educado, pero ya veo que nadie te toma el pelo.

EL AUTOR

CADA uno de los países que había recibido en alguna ocasión la visita de los gigantes devoradores de hombres, envió telegramas de felicitación y agradecimiento al GGB y a Sofía. Reyes y presidentes y primeros ministros y gobernadores de todo tipo colmaron al gigante y a la niña de cumplidos y palabras de alabanza, así como de medallas y regalos.

El presidente de la India envió al GGB un magnífico elefante, con lo que Bonachón vio realizado su más ardiente deseo de toda la vida.

El rey de Arabia mandó un camello para cada uno.

El lama del Tibet les regaló una llama a cada uno.

Wellington les hizo llegar cien pares de botas a cada uno.

Panamá envió preciosos sombreros.

El rey de Suecia les obsequió con un gran barril de carne de cerdo agriculce.

Jersey mandó... jerseys.

Las demostraciones de gratitud del mundo entero no acababan.

La mismísima reina de Inglaterra dispuso que en el parque de Windsor, cerca de su propio castillo, fuese construida una casa especial para el GGB, con altísimos techos y enormes puertas. Y al lado levantaron una casita chiquitina para Sofía. La residencia del GGB tendría una formidable despensa con centenares de estantes para todos los tarros de sueños. Además, Bonachón recibió el título de Soplasueños Real. Obtuvo permiso para galopar cada noche a cualquier lugar de Inglaterra para enviar a los niños, por medio de su trompeta, los sueños más hermosos. Y a diario le llegaban millones de cartas procedentes de pequeñuelos que deseaban conocer a él y a Sofía.

También multitud de turistas del mundo entero llegaban para contemplar boquiabiertos, desde arriba, a los nueve gigantes antropófagos encerrados en el colosal hoyo. Sobre todo, los curiosos se agolpaban allí a la hora de la comida, cuando el guarda arrojaba los pepinásperos a los monstruos, y era la mar de divertido escuchar los aullidos y los gritos de horror cuando los gigantes empezaban a masticar aquellos vegetales, los más repugnantes de la Tierra.

Sólo hubo una desgracia. Tres hombres insensatos, que habían bebido demasiada cerveza con el almuerzo, decidieron saltar la alta reja que rodeaba el hoyo... y cayeron dentro. Abajo hubo gritos de entusiasmo, y luego fuerte ronchar de huesos. El jefe de los guardas colocó en el acto un cartel en la cerca, anunciando que estaba prohibido echar comida a los gigantes. Y desde entonces no hubo más desastres.

El GGB quiso aprender a hablar correctamente, y la propia Sofía, que le quería como a un padre, se ofreció a darle clases diarias. Incluso le enseñó a pronunciar bien y a escribir frases, y Bonachón resultó ser un alumno de extraordinaria inteligencia. En su tiempo libre leía libros,

y se aficionó tanto a la literatura, que devoraba las obras de Charles Dickens (al que ya no llamaba Dalas Chickens) y todo lo de Shakespeare y miles de otras obras. ¡Ah! y también empezó a escribir cuentos sobre su vida pasada. Después que Sofía leyó algunos, comentó:

—Están muy bien. Creo que puedes llegar a ser un buen escritor.

—¡Oh, cuánto me gustaría! —exclamó el GGB—. ¿Lo crees de veras?

—¡Claro que sí! —contestó la niña—. Oye, ¿por qué no empiezas escribiendo un libro sobre nosotros dos?

—Muy bien —decidió el gigante—. Lo intentaré.

Y lo hizo. Trabajó con todo su empeño en la obra y, en efecto, la terminó.

Se la enseñó a la reina con gesto tímido, y ella leyó la historia a sus nietos.

Y le gustó tanto, que dijo:

—Opino que tu obra debe ser impresa y publicada, para que otros niños puedan conocerla.

La misma reina se ocupó de ello, pero como el GGB era un gigante muy modesto, no quiso poner su nombre en el libro y se sirvió del de otra persona.

Ahora, vosotros os preguntaréis: «¿Es ésta la historia que escribió el GGB?»

Pues sí, lo es. Vosotros acabáis de leerla.

ÍNDICE